㉑세기
마 지 막
첫 사 랑

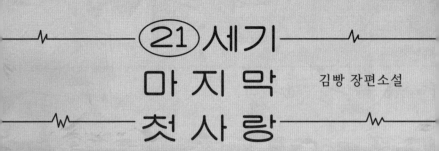

# 21세기 마지막 첫사랑

김빵 장편소설

자이언트북스

# 차 례

## 1장

어 쩌 다
마 주 친

무언가 흔들리는 느낌에 명원이 눈을 번쩍 떴다. 머리 위에서 빛나는 책상 전등을 놀란 눈으로 바라보다가 눈이 부셔 질끈 감았다. 꼭 이럴 때가 있었다. 자다가 저도 모르게 몸을 크게 떨며 일어날 때가.

'아, 또 졸았어.'

독서실 방 안, 빛이라고는 책상 상단에 붙어 있는 전등에서 쏟아지는 게 전부였다. 책상 위로 쏟아지는 빛은 칸막이에 잘려 옆자리를 침범하지 않았고, 오로지 그 자리만 밝혔다.

― 뚜, 뚜, 뚜, 뚜…….

이어폰 단자가 책상의 오른쪽 위 끝에 꽂혀 있었다. 집중력을 향상해주고 유지해준다는 엠씨스퀘어다. 두뇌의 긴장감과 피로감을 해소시켜 집중력을 높여준다더니, 어째 명원은 일정하게 반복되는 소리를 듣고 있으면 잠이 몰려왔다.

잠으로 빠져드는 집중력이 실로 놀랍기는 했다. 연필을 쥔 상태 그대로 잠에서 깬 명원이 귀에 꽂은 이어폰을 빼고 고개를 뒤로 젖혔다. 목을 꺾고 잔 탓에 누가 올라앉기라도 한 것처럼 어깨가 무겁게 뭉친 느낌이 들었다.

단자에서 이어폰을 분리하고 문제집과 각종 펜이 널브러진 책상을 정리했다. 책상 앞에는 노란색 포스트잇이 덕지덕지 붙어 있었는데 수학 공식이나 영어 문법은 아니었고 출처가 불분명한, 인터넷에서 주워 모은 명언들이었다.

'승리는 가장 끈기 있는 사람에게로 돌아간다'
'no pain no gain!'
'지금 흘린 침이 미래의 눈물이다!'

자리에서 일어나 책상 위의 사물함에 걸려 있는 자물쇠를 풀었다. 문을 열자 사물함 안에 자습서와 문제집, 컵라면이 차곡차곡 쌓여 있는 게 보였다. 보지도 않으면서 책상에 널어두기만 한 참고서를 사물함 안에 넣고 자물쇠를 걸어 잠갔다. 그런 다음 형광펜과 샤프를 주워 필통에 넣고 지우개가루를 손으로 쓱쓱 쓸어 책상 구석으로 몰아넣었다.

"가려고?"

의자에 걸어두었던 가방을 책상 위에 올려두고 짐들을 챙겨 넣고 있으니 옆자리에 있던 수영이 소곤거리며 물었다.

"어. 나는 오늘 틀려먹은 것 같아."

양손의 검지를 겹쳐 엑스를 만든 명원이 완전히 틀려먹었다는 듯 고개까지 절레절레 저었다. 그 강력한 퇴실 의지에 수영이 실없이 웃으며 손을 흔들었다. "잘 가." 소리 없이 입을 벌리는 수영을 보며 명원이 너만은 열심히 하라는 듯 주먹을 쥐어 펼쳐 보였다.

가방 지퍼를 쭉 끌어올린 뒤 조용히 의자를 책상 안으로 밀어넣었다. 돌아서는데 뒷자리에 앉은 여자와 눈이 마주쳤다. 어제보다 더 차가워진 눈빛에 명원은 시선을 피했다. 그러곤 소리가 나지 않게 최대한 조용히 문을 열고 닫았다.

여자는 수영과 명원처럼 독서실을 월권으로 끊어 다니는 8번 자리 주인이었다. 같은 방을 쓴 지 일주일이 지났을 때 명원은 여자가 조금 빡빡하고 예민한 사람인 것 같지 않냐고 수영에게 넌지시 물은 적이 있었다.

'예민해? 모르겠는데.'

어떻게 모를 수가 있지. 감기 기운이 있어 도저히 참기 힘든 기침을 몇 번 뱉고 콧물을 훌쩍인 날이었다. 화장실에 다녀온 사이 책상에 휴지 여섯 칸과 쪽지 한 장이 붙어 있었다. '시끄러워요' 짤막하게 적은 내용. 처음 보는 필체. 그러나 명원은 쪽지를 주고 간 사람을 단박에 알아차렸다. 쪽지를 들고 선 채로 흘긋 뒤를 보자 스펀지 귀마개를 귀에 꽂은 여자의 책상 구석에 명원에게 온 주의문과 똑같은 색의 포스트잇이 있는 게 보였다. 자기는 기침도 안 하고 사나. 숨길 수 없는 게 기침과 사랑이라는 말도 안 들어봤나. 매정한 사람. 아마 수영도 감기에 걸리게 되면 제 마음을 이해할 거라고 명원은 생각했다.

엘리베이터 대신 계단을 이용해 내려온 명원의 걸음이 자전거 보관대 앞에서 우뚝 멈췄다. 믿을 수 없는 광경에 눈을 끔벅이다가 주위를 한번 크게 둘러보고, 다시 자전거 보관대를 보았다. 분명 두번째 자리에 세워두었던 자전거가 사라졌다. 이 자리가 아닌가? 하고 의심하기에는 사건 현장이 너무 뚜렷했다. 누군가 자물쇠를 절단기로 끊고 훔쳐간 것이 분명했다.

"아니. 이게 무슨 일이냐고!"

자전거 도둑이 극성이라는 말을 소문처럼 들었는데, 소문을 믿기도 전에 주인공이 될 거라고는 생각지도 못했다. 재미로 자물쇠를 끊고 자전거는 근처에 버리고 간 게 아닐까? 실낱같은 희망을 안고 트인 곳과 좁은 곳, 말도 안 되는 구석까지 바닥에 엎드려가며 살폈으나 자전거는 보이지 않았다. 명원이 허탈한 표정으로 보관대 앞에 쪼그려앉아 두 손으로 머리칼을 쥐어 잡았다.

그게 어떤 자전거냐. 자전거를 사주겠다고 말만 하고 안 사주는 부모에게 배신감을 느끼며 작년에 세뱃돈을 탈탈 털어서 산 자전거다. 슈퍼에 갈 때도 학교에 갈 때도 늘 함께하는 동반거이자 둘도 없는 친구를 하루아침에 도둑맞았다.

"어떤, 어떤 미친놈이……."

명원이 떨리는 손으로 입을 막았다. 막지 않으면 자신의 자전거를 타고 어딘가를 배회하고 있을 도둑놈을 향해 욕설을 섞은 상스러운 저주를 내릴 것 같았다.

"잡히기만 해봐라, 진짜. 가만 안 둔다. 가만 안 둬! 진짜야!"

명원이 더럽게 잘린 자물쇠를 주워 들며 눈을 부릅떴다.

*

―어제 오후 여덟시경 강주 왕수동에서 접수된 지진 신고 문의가 오십여 건을 넘었습니다. 지진을 느꼈다는 흔들림 신고가 잇따랐으나, 기상청은 해당 시간에 흔들림이 관측되지 않았으며…….

양푼을 들고 텔레비전 앞에 앉아 비빔밥을 퍼먹던 명원이 숟가락질을 멈추고 화면을 올려다보았다.

"나도 느꼈는데!"

독서실에서 엎드려 자고 있다가 책상이 흔들리는 느낌에 눈을 번쩍 떴다. 일어나자마자 오늘 공부는 글렀다며 짐을 싸들고 나온 게 저녁 여덟시 십분이었을 거다. 뉴스에 보도된 시각과 얼추 비슷했다.

"그래서 어제 공부고 뭐고 다 집어치우고 그렇게 일찍 귀가하셨어요? 집에서는 책 한 장을 안 펴시던데. 땅이 흔들리는 건 느끼고 이 엄마 속 터지는 건 느껴지지 않나 봅니다."

옆에서 빨래를 개키던 명원의 모친이 비꼬는 투로 말했다. 어제 평소보다 빨리 들어온 명원이 저녁 내 소파에 누워 텔레비전을 본 게 마음에 안 드는 눈치였다.

"요즘 세상이 얼마나 무서운데. 집에 일찍 들어오면 좋은 거지."

"아주 뚫린 입이라고 말은 잘하지. 너 이번에도 모의고사 점수 형편없으면 진짜 대학이고 뭐고 없어! 독서실 환불하고 졸업하자마자 취업해. 공부도 안 하는데 대학을 가서 뭐해? 기타인지 치타인지 그놈의 악기도 내가 팔아버릴 거야."

"엄마, 무슨 그런 무서운 협박을 해? 그래도 대학은 보내줘야지."

명원이 숟가락을 밥에 푹 꽂아 넣으며 말했다. 그러자 모친이 살기 가득한 눈으로 명원의 양말을 든 채 쏘아본다. 여기서 말 한마디만 더 했다가는 성적으로 비빌 수 없는 장학생 기명준과 축구 유망주로 미래가 창창한 기해준에게 대놓고 비교를 당할 것이다. 그러다 '너는 대체 엄마한테 언제 보답할래?'를 시작으로 효도란 무엇인가에 관한 레퍼토리로 흘러갈 것이 분명했다. 그에 명원이 빠르게 시선을 거두고 모르는 척 밥 먹는 일에 열중했다.

"진짜 저거 누구 배에서 나왔나 몰라."

"엄마 배에서 나왔지."

모친이 개킨 빨래를 들고 일어났다.

"아이고, 어지러워."

그러더니 잠시 허리를 숙이고 중얼중얼했다.

"어지러운 거 맞아? 속 터지는 거 아니고?"

괜히 얄밉게 말하자 모친이 허리를 세우며 명원을 한 번 노려보고는 혼잣말처럼 명원에 관한 불만을 늘어놓았다. 명준이는 학원 안 다니고도 서울로, 그것도 장학생으로 대학에 갔는데 말이야. 명준이가 내 속을 썩인 적이 있어, 말을 안 들은 적이 있어. 같은 배로 낳았는데, 어이구. 어지럽다,

어지러워.

"다 들리거든⋯⋯."

명원이 뾰로통한 표정을 지으며 방으로 들어가는 모친을 향해 외쳤다.

"오빠가 좋은 유전자를 싹 다 가져갔나보지! 만날 비교야, 진짜."

입술을 삐죽인 명원이 밥을 한 숟가락 크게 퍼서 입에 넣었다. 말도 잘 듣고 공부도 잘하는 명준과의 비교는 이제 듣기만 해도 귀에서 피가 날 정도로 지긋지긋했다. 그러는 사이 텔레비전에 다음 뉴스가 나왔다. 어제 오후 슈퍼마켓 하나가 통으로 털렸다는 뉴스다. 슈퍼마켓 내부에 CCTV가 없고 인근의 방범용 CCTV마저 먹통이었던 것으로 확인되어 수사에 난항을 겪고 있다고 했다.

"어제 무슨 도둑 연합 대규모 행동의 날이라도 됐나. 내 자전거도 도둑맞고. 진짜, 누구인지 몰라도 내 자전거를 훔쳐간 놈은 되는 일 하나 없이 불행해라."

명원이 입으로 채 들어가지 않은 고사리를 후루룩 빨아들이며 텔레비전을 응시했다.

*

　　자전거 도난 사흘 경과, 명원은 가로등 빛이 번진 버스 정류장에 멍하니 앉아 음악을 듣고 있다가 건너편에서 쌩하고 지나가는 낯익은 자전거를 보았다. 학교에 같은 디자인의 자전거를 타고 오는 애가 있어서 구별을 위해 짐받이에 빨간색 끈을 감아두었는데, 방금 지나간 자전거가 그랬다. 명원의 것이 틀림없다.

　　"어? 저 새끼!"

　　의자에서 벌떡 일어난 명원이 자전거가 사라진 방향으로 달렸다. 하필 재생되고 있는 곡이 어셔의 'Yeah!'였다. 빠밤, 빠밤, 하는 박자 탓인지 달리기에 속도가 잘도 붙었다.

　　"야, 이 도둑놈아!"

　　헤드폰을 뺄 생각도 못 하고 달렸다. 숨이 턱 끝까지 차서 헐떡이는데, 멈출 수가 없었다. 여기서 멈추면 저놈을 못 잡는다. 저놈을 못 잡으면 자전거를 못 찾는다. 워치 아웃, 워치 아웃, 하는 가사가 귀에 울릴 때 우르르 지나가는 다른 자전거 무리에 막혀 명원의 자전거가 멈춰 섰다. 기회다. 지금 거리를 빠르게 좁혀야 한다.

　　조금 기괴한 모양의 헬멧을 쓴 사람이 자전거 페달에서

한쪽 발을 떼고 땅을 디딜 때였다. 순간을 놓치지 않고 명원이 전력 질주했다. 릴 존의 벌스가 시작될 때 명원은 남자의 뒷덜미를 잡는 데 성공했다.

"하악…… 잡았……."

어깨까지 들썩거리며 거칠게 숨을 뱉은 명원이 남자의 옷깃을 단단하게 쥘 때였다. 느닷없이 남자가 명원의 팔을 잡아 꺾더니 둘러메쳤다. 허공으로 떠오른 몸이 포물선을 그리며 바닥으로 떨어졌다.

"꺅, 와악!"

명원의 비명이 쩌렁쩌렁 밤을 울렸다. 꽤 세게 바닥에 처박힐 줄 알았는데, 무슨 일인지 놀라운 착지 실력을 발휘하며 두 다리로 올곧게 섰다. 중학교 때 겁없이 뜀틀을 넘던 경험이 여기서 빛을 발하는 건가 싶었다.

"헉, 대, 대박."

너무 놀란 나머지 두 눈이 튀어나올 것처럼 커다래졌다. 그러다 상황을 깨닫고 머리를 세차게 저었다. 대박은 무슨 대박. 나한테 놀랄 때가 아니다. 뒤늦게 봉변당한 상황이 황당해 헤드폰을 벗어 목에 걸고 남자를 돌아봤다.

"이거 완전 미친놈 아니야?"

명원이 눈을 크게 뜨고 욕지기를 뱉었다. 예의고 뭐고 눈에 뵈는 게 없었다. 도둑맞은 자전거를 찾으려다가 죽을 뻔했다. 죽지 않아서 다행이지만 뭐 하나 운 없게 어긋나서 머리를 다른 데 처박고 눈을 감았다면 굉장히 허망하고 억울한 죽음이 되었을 거다. 분명 뉴스 한 면에 이름도 올렸겠지. '자전거를 도둑맞은 기모 양(18)이 본인의 자전거를 훔쳐 간 범인을 잡으려다 안타깝게 사망했습니다' 생각만으로도 피가 식고 얼굴이 창백해졌다.

"깡패야? 왜 사람을 패대기치는데? 이 사람 진짜 안 되겠네!"

명원이 남자를 향해 삿대질했다. 혹여나 페달을 굴려 도망갈까 잽싸게 상대의 옷깃을 잡고 바다 한가운데에 닻을 내리고 선 배 한 척이 된 기분으로 다리에 힘을 줬다.

"누구세요?"

남자가 물었다. 팔팔 끓는 냄비처럼 열을 내는 명원과 달리 너무나 평온한 목소리였다. 그 목소리를 듣는 명원의 속에서 울화가 치솟았다. '누구세요?' 누가 봐도 이 자전거 주인 아니냐?

"그러는 남의 자전거를 타고 다니는 댁은 누구세요?"

"예?"

"누구긴 누구야, 도둑놈 새끼지!"

명원이 남자의 멱살을 잡고 흔들었다. 머리에 쓴 헬멧도 참 이상했다. 오토바이 헬멧과 다를 게 없었는데 턱을 감싸는 아래쪽에 방독면에 있을 법한 자그마한 정화통이 부착되어 있었다. 심지어 플라스틱인지 유리인지 재질을 알 수 없는 헬멧은 투명했고, 그 탓에 어항처럼 보이기도 했다.

"아, 저기, 이거 좀 놓고 말해요."

남자가 몸을 틀며 손을 떨쳐내려고 하자 명원이 뒷덜미를 더 꽉 쥐어 잡았다. 크게 부풀어오르는 가슴을 애써 누르며 입을 열었다.

"이거 내 자전거야."

"예?"

"이 자전거."

명원이 남자의 뒷덜미를 놓고 자전거 손잡이를 잡았다. 그러자 명원의 손이 제 손과 스칠까 기겁하듯 남자가 손잡이를 놓는다.

"이거 내 자전거라고! 저쪽 독서실 근처에서 훔쳤지? 편의점 뒤에 있는 보관대에서?"

남자가 말없이 명원을 봤다. 두 손은 손잡이를 놓았으나 자전거에서 내린 상태는 아니었다. 안장에 앉아 한 발을 페달 위에 올리고 남은 한 발로 땅을 짚고 있었다.

명원의 눈이 빠르게 남자를 훑었다. 동갑이거나 한두 살 더 많을 것 같은 남자의 피부는 대체로 하얀 편이었는데 눈 밑에 연붉은 주근깨가 있었다. 한여름이기는 했으나 동네에서 입을 법하지 않은 이름 모를 꽃이 박힌 셔츠를 입고 있는 게 이상했다. 분홍색 하와이안 셔츠에 하늘색 반바지라니. 바지가 짧아도 너무 짧다.

대꾸가 없기에 명원이 잡은 자전거 손잡이를 작게 흔들었다. 남자가 안장에 앉아 있어 무게감이 느껴졌다. 말없이 보고만 있던 남자가 뒤늦게 입을 열었다.

"저쪽 도로에 버려져 있는 걸 주운 건데요."

"버린 적 없는데."

"누워 있던데. 저쪽 도로에."

남자가 어딘가를 가리켰다. 독서실과 반대되는 위치였다. 이게 사실이라면 남자는 도둑놈이 아니고 도둑놈이 버리고 간 자전거를 주운 놈이다. 어떻든 간에 제 것이 아닌 걸 가져갔으니 그것도 절도라면 절도였다.

"아무튼 내 자전거니까 이제 돌려주라고요. 당장 내려."

"아, 잠깐만요."

"잠깐은 무슨 잠깐?"

버티는 남자와 당기는 명원의 힘이 팽팽하게 대치했다.

그러다 어느 한쪽으로 힘이 기울었을 때 두 사람은 우당탕 소리를 내며 바닥으로 고꾸라졌다. 남자가 외마디 비명을 질렀다. 헬멧에 금이 가 일부분 깨진 것이 보였다. 도둑이 아니라는 듯 무덤덤하고 태연한 목소리로 일관된 반응을 보이던 남자의 두 눈이 휘둥그레졌다. 그러곤 허둥지둥 손을 올려 헬멧의 깨진 부분을 손으로 막았다. 금이 간 부분을 건드렸는지 우수수, 파편이 더 떨어졌다. 명원은 급진적으로 변하는 남자의 얼굴을 신기하게 쳐다보았다.

"안 돼!"

남자가 기겁하며 소리쳤다. 그러더니 벌떡 일어나 자전거를 세웠다. 방심하는 사이 자전거도 남자도 손에서 놓친 명원이 잽싸게 몸을 일으켜 남자의 옷깃을 잡았다.

"어! 뭐하는 거야? 내 자전거라니까?"

"가야 해."

"뭐?"

"헬멧 수리하러 가야 한다고!"

남자는 진지했고, 명원은 그 진지함을 이해할 수 없었다. 명원이 어이가 없다는 얼굴로 남자를 봤다. 황당함에 입이 저절로 벌어졌다.

"바쁘니까 비켜요."

바퀴를 굴리려는 몸짓에 명원은 눈을 휘둥그레 뜨며 앞을 막아섰다. 이렇게 눈앞에서 제 자전거를 잃어버릴 순 없었다.

"너만 바빠? 내가 왜 비켜? 신고하기 전에 내려."

"신고해요. 상관없으니까."

남자가 페달을 밟았다. 자전거가 앞으로 조금 움직였고 명원이 비명을 지르며 바구니를 잡고 버텼다. 그에 남자가 짜증이 난다는 얼굴로 명원을 바라봤다.

"나 진짜 급하거든요?"

명원은 화가 나면 울분이 차올라 울어버리는 사람이었다. 너무 화가 나면 말도 안 나왔다. 그런데 지금이 딱 그랬다. 울컥, 감정이 치밀어오르더니 눈시울이 붉어졌다. 순식간에 눈가에 눈물이 고이는 명원의 모습에 남자는 난감한 기색이었다. 뭐지. 우니까 돌려주나. 명원은 잠깐 그런 기대를 했으나 남자가 "미안한데, 정말 바빠서요." 하며 시선을 돌렸다. 망할! 이거 아주 미친놈 아니야?

남자가 페달을 밟았다. 자전거 바구니를 잡고 선 명원을 그대로 밀고 가버릴 기세였다. 후드득 눈물이 떨어졌고, 명원은 잽싸게 자전거 짐받이에 올라탔다. 페달을 밟던 남자가 멈칫 서고는 뒤돌아봤다.

"같이 가겠다고?"

"흐엉, 내 자전거라고."

"내일 돌려줄게요. 그러니까 지금은 내릴래요?"

"으어어엉."

명원이 제 분에 못 이겨 울음을 터트렸다. 또박또박 설명하며 제 자전거임을 증명하고 되찾고 싶은데 그게 잘 안 됐다. 어쩌면 그게 더 서럽고 억울해 우는 것일지도 몰랐다. 마음처럼 되지 않는 자신이 답답해서.

명원은 짐받이에 앉아 버텼다. 버젓이 제 자전거를 다른 사람이 타고 있는 걸 발견했는데 두 손 놓고 보낼 수는 없는 노릇이었다. 말은 안 통하고, 논리정연하게 설명할 수 없으니 별다른 방법이 있나. 우선 올라타는 수밖에.

"같이 가기는 좀 그런데."

"내 자전거인데, 으어엉, 내가 왜 내려!"

"아……."

남자가 당황스러운 얼굴로 닭똥 같은 눈물을 떨어트리는 명원을 봤다.

"진짜 안 내릴 거예요?"

"이 자전거에서 내릴 사람은 내가 아니―라악!"

횡, 자전거가 움직였다. 다급하게 남자의 허리를 안은 명원은 퍼뜩 손을 뒤로 넘겨 짐받이를 잡았다. 말이 채 끝나기도 전에 남자가 자전거 페달을 굴린 것이다. 끝까지 들을 필요도 없다는 태도였다.

앉아서 버티면 자전거에서 내릴 줄 알았더니, 이렇게 출발해버릴 줄이야. 난데없이 모르는 사람과 동행하게 된 명원은 뒤늦게 자신이 무모한 실수를 저질렀음을 깨닫고는 온갖 신령님을 찾으며 무사하게 해달라고 기도했다.

자전거가 멈춘 곳은 동네 외진 곳에 있는 오래된 건물 앞이었다. 붉은 벽돌을 쌓아올린 건물로 외관이 허름했다. 1층에는 문을 닫은 공업사가 있었고 무슨 상점이 있는지 모를 2층 창문에는 '못 받은 돈 받아서 드립니다', '금니 삽니다'라는 현수막이 걸려 있었다. 상권이 완전 망했는지 주변이 휑했고 지나다니는 사람도 없었다.

조금 무서운데. 명원은 왠지 모르게 금니를 산다는 곳이 그 외 다른 것도 살 것 같다는 생각이 들어 어깨를 움츠렸다. 명원이 주변을 살필 때였다.

"오래 안 걸릴 거예요."

남자가 말했다. 퍽 다정한 목소리에 하마터면 고개를 끄덕일 뻔했다. 걸음을 돌린 남자가 건물 앞에 있는 이동식 부스 안으로 들어갔다. 사주나 타로를 봐줄 것처럼 생긴 곳에 무슨 볼일이 있는지. 사방이 방수포로 가려져 있어 내부가 보이지 않았다. 남자가 안으로 자취를 감추자 명원은 냅다 자리를 옮겨 자전거 안장에 앉았다. 기다릴 이유가 없었다. 흘끗 이동식 부스를 살핀 명원이 주저하지 않고 자전거 페달에 발을 올렸다. 그러곤 페달을 굴렸다. 열심히도 굴렸다. 바퀴가 사정없이 돌아갔다. 머리칼이 엉망으로 나부끼는데 속도를 늦출 수가 없었다. 여기를 벗어나야 한다. 빠른 속도로 멀어져야 한다!

망한 상권으로 불 꺼진 상점과 가로등이 듬성듬성 켜진 길을 명원은 자전거를 타고 죽을힘을 다해 달렸다. 올 땐 내리막길이라 몰랐는데, 이게 하필 오르막이다.

"으아!"

얼굴을 잔뜩 찌푸린 명원이 안장에서 일어서서 좌우로 몸을 흔들었다. 더운 숨이 입에서 버겁게 쏟아졌다. 이동식 부스에서 무얼 하고 있을지 모를 남자를 뒤로한 채, 명원은 그렇게 최선을 다해 멀리, 멀리 달아났다. 어쩌다 잘못 발을 들인 이상한 세계를 빠져나가는 기분으로.

*

"야, 기명원!"

벌컥, 독서실 방문이 열렸다. 엄청나게 큰 목소리에 8번 자리의 주인이 눈을 흡뜨고 돌아봤다. 욕하는 듯 노려보는데도 수영은 그 따가운 시선을 눈치채지 못한 채 명원에게 직진했다. 독서실 규칙을 완전히 무시하는 수영의 태도에 명원이 더 당황했다.

원래라면 '무슨 일이야!'하고 똑같이 호통치며 대꾸할 텐데, 그럴 분위기가 아니다. 명원은 이유를 묻는 대신에 검지를 입술에 대고 소리를 죽이라는 신호를 보냈다. 그러거나 말거나 수영은 열을 내며 명원의 책상 위에 전단 같은 종이 한 장을 내려놨다.

"너 이거 봤어?"

"저기요."

8번 여자가 고저 없는 목소리로 수영을 부르고, 수영은 듣는 척도 안 했다. 두 사람 사이에서 명원만 진땀이 났다.

"뭔데? 우선 밖으로 나가자."

뭔지 몰라도 급박해 보이는 수영의 손을 잡고 자리에서 일어나는데 다짜고짜 수영이 명원의 어깨를 내리누르며 자리에 앉히고 종이를 다시 들어 명원의 얼굴 앞에 들이밀었다.

"이거 봤냐고!"

"저기요."

여자가 더 큰 소리로 말했다. 명원이 흘긋 눈을 돌려 뒷자리를 봤다가 수영이 내민 종이로 시선을 옮겼다.

"수영아, 너 지금 목소리가……."

엄청나게 커. 그렇게 말하려는데, 종이에 떡하니 박힌 몽타주에 입이 싹 다물어진다. 명원이 눈을 깜박거렸다. 그러다 눈이 점점 커지더니.

"미친! 이거 뭐야?"

수영보다 더 큰 목소리를 냈다.

"저기요!"

난데없는 소란에 독서실 총무가 달려왔다.

"무슨 일이에요? 어?"

8번 자리의 여자는 수영을 노려봤고, 누가 들어오거나 말거나 수영은 명원만 봤다. 독서실 총무가 수영과 명원을 번갈아 봤으며, 명원은 수영이 들이민 종이를 봤다. 빨간색 펜으로 '사람을 찾습니다'라고 휘갈겨 쓴 문구 아래에 유려한 선으로 꽤 잘 그린 몽타주 하나가 박혀 있었는데, 그게 너무나 명원의 얼굴이었다. 웃긴 건 사람을 찾는다고만 되어 있

지, 이 사람을 찾았을 시에 연락을 취해야 할 연락처가 기재
되어 있지 않았다.

"너 이거 어디서 봤어?"

명원이 물었다.

오늘 수영은 엄마의 차를 타고 독서실에 왔다. 끝나고 연
락하라는 엄마의 말에 고개를 끄덕이고는 차에서 내렸다.
가방을 어깨에 메고 걸음을 옮기는데 건물 입구에 오늘따
라 전단이 유독 많이 붙어 있었다. 수영은 지저분하네, 그런
생각을 하며 걸어가다가 고개를 갸웃하고 돌아섰다. 누군가
손수 그린 듯 보이는 몽타주를 자세히 보니 귀밑으로 떨어
지는 둥그스름한 단발이 명원의 머리와 비슷했다. 둥글둥글
한 얼굴, 일자 눈썹, 유난히 동그랗고 큰 눈. 이야, 이거 기명
원이랑 똑같이 생겼네……. 그러다 목에 걸린 헤드폰에 붙
어 있는 고양이 스티커에서 수영은 확신했다. 이 사람이 찾
고 있는 건 기명원이라고.

냅다 덕지덕지 붙어 있는 종이들을 뜯어냈다. 뭔지는 몰
라도 이런 방법으로 사람을 찾는 게 좋아 보이지는 않았다.
종이를 갈가리 찢어 독서실 쓰레기통에 버리고 한 장만 살
려 명원에게 보여준 것이었다.

"너 누구 돈 떼어먹었어?"

휴게실에 앉아 구겨진 종이를 다림질하듯 펴서 테이블 위에 놓고 머리를 굴리고 있는데 수영이 물었다. 팔짱을 끼고 삐딱하게 앉아 얼굴을 찌푸리고 있던 명원은 고개를 저었다. 흠, 하고 수영의 입에서 고심의 한숨이 샜다. 아무리 생각해도 이상했다. 너무 난데없는 일이 아닐 수가 없었다. 명원의 인생은 정말이지 평범했다. 누구의 물건을 강탈하거나 지갑을 턴 일도 없고, 괴롭히거나 미워한 적도 없었다. 그런데 누군가 명원을 찾는다며 정성 들여 얼굴을 그려 넣은 전단을 만들어 붙였다.

"어떤 할 짓 없는 새끼가 이런 장난을 쳐?"

수영이 열을 냈다. 팔짱을 푼 명원은 테이블을 잡고 어깨를 으쓱였다.

"짐작 가는 사람 있어?"

수영의 물음에 도통 떠오르는 사람이 없어 입술을 물 때였다. 테이블을 잡고 의자 앞다리를 허공에 올려둔 채로 몸을 앞뒤로 흔들던 명원의 중심이 확 뒤로 넘어가 우당탕 나자빠졌다. 놀란 수영이 벌떡 일어나 걱정스런 눈빛으로 명원을 내려다봤다.

"야, 괜찮아?"

얼굴을 잔뜩 찌푸린 명원이 수영의 손을 잡고 일어났다.

의자를 다시 세우고 앉아 팔꿈치를 매만지는데 굳은 딱지가 만져졌다. 순간 머리에 탕, 하고 누군가 박혔다.

"……하와이안 셔츠, 그 새끼구나."

"하와이안, 뭐? 외국인이야?"

수영이 눈을 빛냈다. 짐작 가는 사람이 있다면 지금 당장 족치자며 독서실을 박차고 나갈 분위기였다. 하지만 하와이안 셔츠를 입었던 까만 머리 남자애에 관해 아는 게 없었다. 수영에게 달리 전해줄 정보가 없음을 깨달은 명원이 두 눈을 시무룩하게 내렸다.

"자전거 도둑의 소행인 것 같아."

"어젯밤에 말했던 헬멧 쓰고, 조금 이상한?"

수영의 말에 명원이 고개를 끄덕였다.

"너를 왜 찾아?"

명원이 어깨를 으쓱였다. 설마 자전거 돌려주라고? 그렇다면 너무 황당하다. 자기 돈 주고 산 자전거도 아닌데, 그걸 이런 식으로 되찾으려고 하지는 않겠지. 만약 진짜 그런 심산이라면 미친놈이 틀림없다. 양심 밥 말아먹은 놈. 염치는 우유에 말아먹은 놈. 정상적인 사고도 분명 어딘가에 말아먹었을 거다.

"야, 조금 불안하다."

수영이 걱정스러운 얼굴을 하고서 작게 말하더니, 갑자기 제 검지에 끼워져 있는 반지를 낑낑거리며 빼냈다.

"이거 끼고 다녀."

청포도보다 작고 블루베리보다 큰 가짜 진주알이 박힌 반지였다. 명원이 의아한 얼굴로 수영을 보았다. 수영의 표정이 사뭇 진지하다 못해 심오하기까지 했다.

"알지?"

수영이 왜 그런 거 있잖아, 하며 빼낸 반지를 다시 자기 검지에 끼웠다. 그러곤 검지를 유독 뾰족하게 세워 주먹을 쥐고는 입으로 바람 소리를 내며 허공으로 잽을 날렸다. 훅! 훅훅! 하는 공기 가득한 소리가 수영의 입에서 흘러나왔다.

"무슨 일 생기면 이 진주알을 눈에 박아버려."

"남의 눈을 멀게 하고 싶지는 않아……."

"눈은 좀 그래? 그러면 아래턱을 공격해. 가방에 반지 몇 개 더 있어. 다 줄까? 그래. 하나는 좀 부족하지. 손가락에 다 끼우고 다녀."

설마 그 반지들인가. 명원은 자주 바뀌던 수영의 반지들을 하나씩 떠올려봤다. 실반지 같은 깔끔하고 단순한 디자인에 반하는 게 수영의 반지였다. 청포도보다 작고 블루베

리보다 큰 진주알이 박힌 반지는 예사고 헤골이나 뼈다귀가 박힌 반지, 링 네 개가 연결된 반지, 링은 호랑이의 몸통, 알은 호랑이의 머리인 반지도 있었다. 밴드 음악을 즐겨 듣던 수영이 화려한 액세서리를 사 모으기 시작한 건 메탈에 빠지면서였다.

수영이 가장 좋아하는 밴드는 레이지 어게인스트 더 머신이었는데 톰 모렐로의 기타 스트랩처럼 메신저 백 끈을 팍 줄여 어깨에 걸치고 기타 치는 흉내를 냈다. 종종 징이 박힌 초커를 하고 오는 날도 있었다. 그런 날이면 그녀의 손가락에 무서우리만치 해괴한 해골 반지들이 걸려 있곤 했다.

"고마워……."

그 말은 순전히 수영을 안심시키기 위해서 한 말이었다. 진짜 너의 반지를 나에게 다 달라, 그런 뜻이 아니었는데.

*

털레털레, 명원이 운동화를 바닥에 힘없이 끌며 걸었다. 주머니에 접어 넣었던 종이를 꺼내 펼쳤다. 몇 번에 걸쳐 접은 탓에 몽타주에 선이 생겼다.

"미대 지망생이야? 쓸데없이 잘 그렸네."

그리 오래 본 것도 아니고, 아주 잠깐 대치했을 뿐인데 대체 언제 이렇게 제 얼굴을 꼼꼼하게 살핀 건지 의아할 정도였다. 기억력이 좋다고 해야 하나. 연락처라도 있으면 전화를 걸어서 미친 새끼야! 나다! 하고 소리라도 지르겠는데, 그것도 없으니 환장할 노릇이었다. 사람을 찾겠다는 거야, 말겠다는 거야. 하나는 알고 둘은 모르는 사람이리라. 명원이 쯧, 혀를 차며 종이를 반으로 접을 때였다.

버스 정류장 의자에 드러누워 있는 사람이 보였다. 다리 하나를 접어 올려 까닥거리고 있었는데, 허벅지가 훤히 드러나는 하늘색 짧은 반바지를 입고 있었다. 그리고 의자 옆으로 툭 떨어진 팔 하나. 팔뚝의 반을 덮고 내려온 셔츠의 소매가 명원의 눈길을 사로잡는다. 분홍색, 그리고 이름 모를 꽃.

"그놈이다."

아마도 내 몽타주를 그린 전단을 독서실 건물에 붙인 놈. 명원이 눈을 희번덕이며 발을 떼려다가 멈칫 서고 수영과 나누었던 대화를 떠올렸다.

'무슨 일 생기면 이 진주알을 눈에 박아버려.'

후다닥 명원이 가방을 앞으로 둘러메고 지퍼를 열었다. 앞주머니에 수영이 줬던 반지가 잔뜩 들어 있었다. 비장한 표정으로 반지를 하나하나 주워 재빠르게 손가락에 끼웠다. 반지를 끼우면서 시선을 올려 남자의 위치에 변동이 없는지 살피는 것도 잊지 않았다.

오른손 엄지를 제외한 모든 손가락에 반지를 끼웠다. 검지에 진주가, 중지에 해골이, 약지에 호랑이가, 소지에 뼈다귀가 수호신처럼 자리잡았다. 반지만 꼈을 뿐인데 조금 안전해진 것 같은 기분이 든다. 명원은 크게 호흡한 뒤에 발을 뗐다.

사람들이 정류장 의자에 누워 있는 남자를 힐끔거리며 지나갔다. 가까이 다가서자 남자의 얼굴이 제대로 보인다. 한 팔을 눈 위에 얹은 채 어디서 뜯었는지 모를 강아지풀을 입에 물고 있었다.

명원이 보란 듯 몽타주를 그의 얼굴 앞에 펼쳤다. 남자의 주둥이에 물려 있는 강아지풀이 빙글빙글 돌아갔다. 눈 위에 얹은 팔은 미동이 없었다.

"이거 네가 그런 거지?"

명원이 물었다. 잔망스럽게 움직이던 입술이 멈춘 건 그때였다. 회전하지 않은 강아지풀이 허공에서 힘없이 늘어졌다. 스르륵, 눈을 가리고 있던 팔이 미끄러지듯 내려가자 남자의 가려진 눈이 드러난다. 몽타주를 짧게 훑은 시선이 종이 너머의 명원을 향했다. 남자의 표정이 일순 어두워지는 것을 명원은 확실히 느꼈다.

"네가 찾는 사람이 나 맞아?"

명원이 비장한 얼굴로 서서 남자를 내려다봤다. 규정하기 어려운 분위기의 침묵이 이어졌다. 빤히 명원을 보던 남자가 입에 물고 있던 강아지풀을 잡아 빼며 상체를 세워 앉았다.

"어, 너야. 나 버리고 도망간 사람 어떻게 다시 제 발로 오게 만드나 고민이 많았는데 이 방법 나쁘지 않네."

남자가 흐트러진 머리카락을 쓸어넘겼다. 그러더니 난데없이 다리를 들어 명원에게 보여주었다.

"이거 볼래? 네가 의리도 없이 나를 버리고 가버린 탓에 신발이 다 떨어졌어. 너 때문에 먼 길을 걷느라 만신창이가 되었다고."

남자의 운동화 밑창이 너덜너덜했다. 발가락을 올리자 앞코가 그대로 들렸다. 모양새가 꼭 악어가 입을 벌린 듯했다. 명원은 잠시 당황했으나 빠르게 표정을 갈무리했다.

"이게 왜 내 탓이야?"

"나를 외진 곳에 버리고 갔잖아."

"그곳에 일이 있다고 간 건 너야."

"분명 기다리라고 했는데? 넌 알겠다고 했고."

내가? 내가 그랬다고? 명원이 미간을 찌푸리고 지난밤을 상기했다. 오래 안 걸릴 거라는 말에 고개를 끄덕거릴 뻔했던 것 같은데. 끄덕거렸던가? 갑자기 기억을 조작당한 듯 가물가물했다.

"아니, 그런데 내가 왜 기다려야 해? 도둑맞은 자전거를 거기까지 끌고 가서 찾아온 것도 억울해죽겠는데?"

"아…… 그래서 그냥 갔다?"

"……"

"가진 게 아무것도 없는 나를 외진 곳에 버려두고?"

명원의 미간이 점점 좁아졌다. 도둑맞은 내 자전거를 타고 있던 사람. 남자에 관해서 아는 거라고는 그게 전부인데 솔직히 가진 게 있는지 없는지 자신이 알 바는 없다고 생각했다. 그곳이 남자에게 외진 곳이라는 인상을 주었는지도. 대체 나랑 무슨 상관이야? 명원이 고개를 저었다.

"우리가 뭐 기다려주고 말고 할 그럴 사이는 아닌 것 같은데? 아무튼, 나는 아무 잘못 없으니까 더이상 내 얼굴 그려서 길에 붙이지 마쇼. 이거 초상권 침해야."

명원이 남자의 얼굴 앞으로 들이민 종이를 팔랑팔랑 흔들었다. 그러곤 구깃구깃 공처럼 만들어 정류장 옆에 있는 쓰레기통에 버렸다. 걸음을 옮기려는데 남자가 의자에서 일어나며 말했다.

"너는 정도 없고 의리도 없구나?"

우리 사이에 정이 있고 의리까지 있으면 그게 더 이상한 거 아니야? 명원은 그리 생각했으나 서운하다는 듯 보는 남자에게 아무런 말도 하지 못했다.

"그런데 그 반지는 다 뭐야?"

남자가 명원의 손을 화려하게 장식한 반지를 보고 물었다.

"보석 팔아?"

명원이 반지로 잠식당한 제 손을 슬그머니 가방 뒤로 숨겼다. 큼, 하고 목을 가다듬으며 어색하게 눈을 돌렸다.

"아아, 설마…… 그거 무기인가?"

순간 명원의 얼굴이 빨갛게 달아올랐다. 해골 반지만 아니었어도 이렇게 수치스럽지는 않을 텐데, 해골이 문제였다.

"그냥 반지인데."

명원이 눈을 뾰족하게 뜨며 남자의 눈을 피하지 않고 마주보았다. 남자가 웃는 낯으로 명원을 보다가 표정을 지우고 고개를 끄덕였다.

"그런 거 끼고 사람 때리면 죽어."

남자가 말했다. 그냥 반지라니까. 명원은 대꾸 대신 두 손을 주머니에 찔러넣었다.

"이런 너한테 내가 무슨 기대를."

쯧, 혀를 차고서 남자가 멀어졌다. 쯧? 쯔읏? 얼굴 앞에 대고 뭐라는 거야. 기분을 심히 상하게 하는 반응이었다. 정이니 의리니 하는 되지도 않는 이유를 대며 자전거를 타고 말없이 가버린 명원을 비난하는 투였다. 명원이 뒤늦게 얼굴을 찌푸리고서 멀어지는 남자의 뒷모습을 보았다.

"뭐야. 내가 왜 미안함을 느껴야 하는데?"

그건 정말 이상하잖아. 명원은 남자가 사라진 길을 바라보며 입술을 휘어 내렸다.

애써 무거운 생각을 털어내며 편의점 뒤에 있는 자전거 보관대로 향했다. 그래도 사건을 해결한 듯해 마음이 조금은 홀가분했다. 이제 저 남자와 엮이는 것도 오늘이 끝이리라. 자전거가 세워진 보관대 앞에서 명원의 걸음이 우뚝 멈춰 섰다.

"……뭐, 이게 뭐야?"

자전거는 있어야 할 자리에 있었다. 자물쇠도 걸려 있었다. 다만, 안장이 사라지고 없었다. 휑하니 머리를 드러낸 시트포스트를 명원은 멍하니 쳐다보다 주위를 둘러보았다. 아무도 없는데, 꼭 누군가가 저를 지켜보고 있을 것만 같았다.

가령, 안장을 훔쳐간 도둑놈이라든가.

　명원이 아랫입술을 말아 물었다. 이로 꾹 누르는데도 아프지 않았다. 불과 몇 분 전에 제 앞에서 의리를 찾던 사람이 떠올랐다.

*

---

**대화하기**

파일(F)　기능(A)　도구(T)　　　　　　　　　　　도움말(H)

**대화상대 : ♣ⓒ네잎클로⒝ㅓ♣ (총 2명)**

♣ⓒ네잎클로⒝ㅓ♣

　명 원 쓰

지구용사명one:

　엉?

♣ⓒ네잎클로⒝ㅓ♣:

　내 반 지 잘 끼 구 갔 쥐-_-?

지구용사명one:

　당근이지

지구용사명one:

　몽타주 범인 찾음

---

♧ⓒ네잎클로㈜♧:

　헐 -_- 어떤 색 히 여 써

♧ⓒ네잎클로㈜♧:

　니 가 말 한 그 색 히 마 즘?

지구용사명one:

　엉 맞음

♧ⓒ네잎클로㈜♧:

　왜 구 런 거 래? 반 주 겨 놔 써?

지구용사명one:

　수영아 근데 그 띄어쓰기 좀 안 하면 안 되겠냐

♧ⓒ네잎클로㈜♧:

　시 른 듸 ¿

♧ⓒ네잎클로㈜♧:

　근 데 니 자 전 거 주 운 애 잘 생 겼 냐

지구용사명one:

　그건 갑자기 왜?

♧ⓒ네잎클로㈜♧:

　팔 팔 공 고 에 율 라 잘 생 긴 오 빠 가 있 는 듸

♧ⓒ네잎클로㈜♧:

　자 전 거 훔 쳐 서 팔 고 댕 긴 대

♧ⓛ네잎클로(ㅂㅓ)♧:

　근데 욜라양아치래

♧ⓛ네잎클로(ㅂㅓ)♧:

　사고쳐서학교도퇴학당했대-_-;

♧ⓛ네잎클로(ㅂㅓ)♧:

　그게그사람은아니겠지-_-;;;

지구용사명one:

　그사람 이름이 뭔데?

♧ⓛ네잎클로(ㅂㅓ)♧:

　그건모름-_-ㅋ@

---

|  | 보내기(S) |
|---|---|

　명원은 키보드에 올려두었던 손을 거두곤 턱을 괸 채로 모니터를 빤히 바라보았다. 팔팔공고는 전교생이 양아치라고 소문난 학교였다. 소문에 의하면 학교 주변의 나무들이 담배 냄새를 견디지 못하고 모두 죽었다는⋯⋯ 그런 소문이 괴담처럼 돌았다. 중학교 때 명원은 그 소문을 반은 믿었다. 지금

은 아니지만.

마우스를 놓은 명원이 의자에 등을 기대며 고개를 뒤로 젖혔다. 의리 없다며 서운해하던 얼굴을 떠올렸다. 억지를 부려서 사람 열받게 하는 구석은 있었지만, 엄청 못된 사람 같지는 않았는데. 팔팔공고 양아치라니. 왠지 수영이 말한 사람이 그 남자는 아닐 것 같았다.

"아, 몰라. 다시 볼 사람도 아닌데. 무슨 상관이야."

명원은 메신저의 상태 이모티콘을 '공부중'으로 바꿔두고 게임에 접속했다. 오늘은 무조건 금별을 달아야지. 피시방의 헤드셋을 머리에 쓰려고 할 때였다. 명원의 자리 너머, 맞은편에서 소란이 일었다.

"야, 너 지금 뭐라고 했냐?"

누가 들어도 시비를 거는 어투에 명원이 귀를 쫑긋했다.

"담배, 끄라고 했는데요?"

"하, 하하. 이 고삐리 새끼가 지금 미친 거지?"

"고필이? 고필이는 누구야."

"고삐리, 너요. 딱 봐도 어려 보이는데."

"아, 그게 그런 뜻인가. 그런데 나이 어리면 이런 말도 못 해요? 정당한 건의 사항이자 의견 표출인데. 아무리 구시대라지만 어떻게 실내에서 흡연이냐고요. 내가 사는 데였으면 중범죄로 끌려갔어요."

대화가 흥미진진했다. 명원이 들고 있던 헤드셋을 내려 놓고 고개를 길게 뺐다. 그 순간 누군가 의자를 박차고 자리에서 일어나 따져 묻는 사람의 곁으로 다가왔다. 하필이면 그 자리가 명원의 맞은편이었다. 지저분하게 자른 머리카락에 왁스를 공들여 바른 남자가 험악한 표정을 짓고 보란 듯 담배를 피웠다.

"미쳤네, 이 새끼. 어른 공경도 할 줄 모르고. 담배를 꺼라 마라. 선비 행세할래? 아니다. 너 같은 새끼는 말로 해서 될 게 아니지. 따라와."

남자가 의자에 앉은 사람의 멱살을 잡아올렸다. 누군가 낚인 물고기처럼 모니터 위로 올라왔다. 명원의 눈이 휘둥그레졌다. 하와이안 셔츠를 입은 그놈이다.

"아, 놓고."

"뭘 봐. 따라오라고. 꼬박꼬박 말대꾸 계속할래? 진짜 확."

남자의 팔이 주먹을 쥐고서 어깨 뒤로 넘어갔다. 힘을 실어 앞으로 쭉 뻗을 기세에 명원은 저도 모르게 벌떡, 자리에서 일어나 시선을 끌었다. 멱살이 잡힌 사람도, 멱살을 잡은 사람도 모니터 너머에서 명원을 돌아보았다. 아, 난감하다. 명원은 크게 뜬 눈을 한번 깜빡이고는 피시방 구석을 가리켰다.

"저기 관찰 카메라 있어요."

"뭐?"

"방송국에서 촬영중이라고요. 저기에 카메라맨 있어요. 여기서 사람 치면 이제 예능이 아니라 뉴스에 나와요."

먹살을 잡은 남자가 명원이 가리킨 곳을 쳐다볼 동안, 먹살이 잡힌 남자와 명원의 눈이 마주쳤다. 교환한 시선에 신호를 실어 보냈다. 도망가야 한다. 지금!

"뛰어!"

명원이 먼저 가방을 들고 냅다 달렸다. 달리기 전에 컴퓨터 본체의 전원 버튼을 눌러 종료시키는 치밀함이 돋보였다.

피시방 문을 열고 나와 계단을 두 칸씩 뛰어내려가는데, 뒤에서 우당탕 요란하게 따라오는 발소리가 들렸다. 흘긋 보자 하와이안 셔츠를 입은 남자가 추격자를 뒤에 달고 오고 있었다. 따라오는 성인 남성들의 표정이 살벌했다. 왁스를 발라 고정한 머리가 늑대의 부푼 털 같아 맹수에게 쫓기는 것만 같았다. 잡히면 안 될 것 같은 느낌. 잡혔다가는 뭔가 큰일이 나고야 말 것만 같은 직감. 명원이 팔을 뒤로 뻗어 남자의 손을 잡았다. 손가락이 겹치는 순간, 있는 힘껏 이를 악물고 달렸다.

판촉 행사장에서 나오는 음악 소리가 가까워졌다가 멀어졌다. 골목에 골목을 지나 웬 상가 뒤쪽에 몸을 숨겼다. 명원이 벽에 등을 기대고는 헉헉, 가쁜 숨을 내뱉으며 호흡을 골랐다. 준비 운동도 없이 전력 질주를 한 탓에 옆구리가 쪼그라져 작아지는 느낌이었다. 명원이 인상을 쓰고 남자를 봤다. 너 때문에 이게 무슨 일이냐는 식으로. 그 표정이 웃겼던 걸까. 남자가 눈을 접으며 기분 좋게 웃었다.

"왜 웃어. 너는 이게 재미있어?"

"어, 조금."

용기가 넘치는 것도 탈이다. 한숨을 뱉으며 고개를 숙인 명원은 자신이 아직도 남자의 손을 잡고 있음을 깨닫고 내팽개치듯 상대의 손을 놓았다. 열기가 느껴지는 손바닥을 옷자락에 문질러 닦으며 주위를 살폈다. 피시방 남자들을 따돌리는 데 성공한 것 같은데, 모르는 일이었다. 골목을 나가자마자 운이 없게 마주쳐버릴지도.

"혼자 가다가 그 사람들 마주치면 서로 낭패니까, 정류장까지만 공생하자."

명원의 말에 남자가 고개를 끄덕였다.

"공생, 좋지."

그렇게 의기투합하여 도착한 버스 정류장에서 명원은 다

시는 엮일 일이 없을 줄 알았던 남자 옆에 앉아 버스를 기다리는 자신의 모습이 지나가는 차 유리에 비친 것을 보고 어이가 없어 조금 웃었다.

"도와준 거지?"

남자가 물었다. 명원은 급히 얼굴에서 웃음기를 지우고 어깨를 으쓱였다.

"그냥. 맞는 말 같아서. 담배 냄새는 나도 싫거든."

"그랬구나. 고마워."

분위기가 냉골 방에 장작을 넣은 듯 따뜻해졌다. 훈훈한 분위기, 어울리지 않아. 명원이 바로 선서를 하는 것처럼 손바닥을 내보이며 그만하라는 신호를 보냈다.

"너에게 그 어떤 정서적 친밀감도 없으니 오해하지 않기를 바라."

그 말에 남자가 엷게 웃는다.

"알아."

알긴 뭘 알아. 명원이 고개를 돌리고 시선을 피했다. 이제 눈을 마주칠 일도 대화할 일도 만들고 싶지 않았다. 버스만 오면 너는 네 가는 길로 가고 나는 내 가는 길로 가면 끝이다. 명원이 가방 지퍼를 열어 시디플레이어를 꺼냈다. 주섬주섬 꺼낸 헤드폰을 머리에 쓰고 바로 세상과의 단절에 들어갔다. 남자가 무어라 말을 거는 느낌이 들 때마다 볼륨을 키웠더니 버스가 정류장에 들어설 땐 고막이 터질 것처럼 음악 소리가 우렁찼다.

자리에서 일어난 명원은 뒤도 돌아보지 않고 버스에 올랐다. 인사도 하지 않고 헤어지려고 했는데, 자리에 앉고 보니 남자가 버스에 올라타고 있었다. 심지어 명원의 옆에 앉는다. 명원이 버스의 빈 좌석을 훑어보았다. 빈자리가 이렇게 많은데, 왜 굳이 제 옆에 앉는지. 거슬린다는 눈빛으로 남자를 쳐다보는데 어째 버스가 출발을 안 했다. 명원이 정면으로 시선을 돌렸다. 버스 기사가 정확히 이쪽을 응시하고 있었다. 무어라 움직이는 입 모양에 명원이 헤드폰을 벗었다.

"거기 학생, 버스비 안 내요? 학생!"

"저요?"

명원이 토끼 눈을 하고서 자신을 가리켰다. 그러자 버스 기사가 아아, 거기 남학생! 하고 소리친다. 아, 내가 아니었 구나. 명원이 고개를 돌려 남자를 봤다. 그러곤 요금기를 턱 짓했다. 버스비 내세요. 그렇게 눈으로 말했다. 그러자 남자 의 입이 느리게 열린다.

"눈으로 말하지 말고 입으로 말해줄래."

"……가서 버스비 내라고."

"네가 대신 내주는 거 아니었어?"

명원의 표정이 아연했다.

"나 돈 없는데."

남자가 무덤덤하게 말을 이었다. 마치 제 친구에게 이야기하는 것처럼 태도가 태연했다.

"돈이 없다고? 그럼 아까 피시방은 어떻게 갔는데? 거기에서 전재산을 다 썼어?"

"아, 뭐 알아볼 게 있어서 위기관리 센터에 갔더니 센터장이 피시방? 그래. 그곳을 소개해줬어. 돈도 그 사람이 내줬는데. 그리고 정확히는 돈이 없는 게 아니라 있긴 있는데 쓸수가 없는지……."

"학생!"

남자의 말허리를 끊은 건 버스 기사였다. 뒷말은 듣지 않아도 알 것 같았다. 위기관리 센터가 어떤 곳인지 모르겠지만 아무튼 쓸 돈이 없다는 거 아닌가. 뒷말을 채 잇지 못한 남자와 명원이 동시에 소리가 난 곳으로 고개를 돌렸다. 버스비를 안 내고 탄 승객 때문에 버스는 문을 닫고도 출발하지 못하는 상태였다.

명원이 품에 안고 있던 가방을 남자의 품에 퍽 소리가 나게 넘기고는 버스 앞쪽으로 걸어가 한 사람 몫의 버스비를 더 냈다.

"나 참, 진짜 세상이 말세네. 말세야. 학생, 그러면 안 돼."

버스 기사가 혀를 끌끌 찬 뒤에 출발했다. 서서히 속도를 내는 버스의 방향을 명원이 거슬러 갔다. 가방을 챙겨 남자와 동떨어진 자리에 앉았다. 그러자 남자가 뒤돌아 다른 자리에 앉은 명원을 보았다. 명원은 남자의 시선을 무시한 채말없이 창밖만 봤다. 한심하다는 듯 흘겨보던 버스 기사의 눈빛이 자꾸 맴돌았다. 도둑맞은 자전거를 되찾으면 뭐 하냐고. 안장 뺏겨, 버스비 내줘. 자신에게 벌어진 일을 생각하니 열이 올랐다. 명원이 홱 고개를 돌리고 대각선에 앉은 남자를 쏘아보았다. 자전거 때문에 또 엮이고 싶지 않아 안장은 그냥 새로 사려고 했는데, 아무래도 안 되겠다. 이 녀석한테는 더이상 아무것도 뺏기고 싶지 않아.

"좋은 말로 할 때 안장 내놔."

명원이 고저 없는 목소리로 말했다.

"어?"

"자전거 안장, 가져오라고."

"아."

남자의 입이 작게 벌어졌다. 확신에 차서 말하는 명원에게 아무런 반박도 하지 않았다. 안장 훔쳐간 도둑놈이 누구인지도 모를 줄 알았나. 명원이 눈을 부라리고는 다시 고개를 창밖으로 돌렸다. 명원은 제 인생이 어디로 흘러가고 있는지, 왜 이렇게 흘러가는지 알 수 없어 어둡게 물든 풍경만 노려봤다.

*

꿈같던 방학이 끝났다.

"이게 진짜일 리 없어."

명원이 학교 정문을 올려다보며 말했다. 개학 날부터 정문에서는 복장 단속이 한창이었다. 방학 때 한 파마나 염색을 원상 복귀 하지 않고 등교한 아이들 몇 명이 학생 주임에게 붙잡혀 교문 앞에 서 있었다.

머리 단정, 타이 있음, 명찰 있음. 상태 확인을 끝내고 발걸음을 떼는데 앞으로 차 한 대가 섰다. 교장이 내릴 것처럼 생긴 검은 세단에서 수영이 내렸다. 명원을 발견한 수영이 웃으며 달려왔다. "넥타이!" 명원이 소리없이 입을 벙긋거리자 수영이 걸음을 멈추고 주머니에서 넥타이를 꺼내 착용했다.

"땡큐! 벌점 먹을 뻔. 그런데 오늘 왜 걸어왔어? 자전거는?"

수영이 물었다.

"내가 말 안 했나? 안장 누가 뽑아갔어."

"안장만? 미친 도둑놈이네."

구관 현관에서 운동화를 벗고 동시에 허리를 숙여 집었다. 빛이 잘 들지 않는 구관은 늘 서늘한 느낌이 있었다.

"맞다. 너 방송국 게시판 봤어?"

계단을 오르며 수영이 물었다.

"아니? 왜, 무슨 일 났어?"

"어, 완전. 내가 주말마다 정신 놓고 봤던 드라마에 출연한 배우들 이번에 토크쇼 나온다고 했었잖아."

수영의 말에 명원이 고개를 끄덕였다.

"그런데 그게 스튜디오에 다 같이 나온 게 아니라 짜깁기 방송이었어. 그거 때문에 게시판 난리 났어."

"그래? 너도 가서 글 썼어?"

"응. 내가 제일 많이 썼을걸."

수영이 나 알지? 이거 장난 아닌 거? 하며 허공에서 타자를 치듯 손가락을 움직였다. 얼마나 못난 말을 쓰고 왔을지 안 봐도 본 것만 같은 기분이 들어 명원이 고개를 작게 저었다.

여름내 뒹굴뒹굴하다 돌아온 학교는 재회한 반 친구들로 인해 시끌벅적했다. 살이 쪄서 교복이 작아졌다며 바로 체육복으로 갈아입는 친구를 보고 명원은 허리춤에 손가락을 넣어보았다. 분명 저도 살이 쪘을 텐데 여유가 있었다. 입학 전 모친이 명원에게 치수가 맞지도 않는 큰 교복을 사주었기 때문이다. 다른 친구들은 메이커 있는 걸로 맞춰 입는다고 꿍얼거렸다가 '메이카는 무슨 메이카'라는 호통만 들었다. 아직 성장판이 닫히지 않아 키가 엄청나게 클 거라더니, 명원의 체격은 입학 초와 크게 달라지지 않았다. 명원은 그게 조금 서러웠다. 키의 성장마저 엄마의 기대에 부응하지 못한다는 사실이.

4교시가 끝나자마자 아이들이 급식실을 향해 달렸다. 한 무리가 우르르 교실을 빠져나가자 교실이 금방 썰렁해졌다. 느지막하게 교실을 나선 수영과 명원은 슬리퍼를 끌며 급식실로 향했다. 명원은 운동장을 가로지르며 푸르른 하늘을 올려다보았다. 처서가 지난 팔월 말의 하늘은 애국가의 가사처럼 공활했다. 텅 비고 넓은 게, 별안간 기분을 이상하게 만들었다.

"개학 첫날부터 하이라이스 나오기 있냐?"

급식표를 보며 수영이 볼멘소리를 했다. 카레는 먹으면서 유독 하이라이스에만 박한 평가를 했다. 줄을 서서 배식을 받고 빈자리에 앉았다.

"그거 먹고 배 차?"

빈약하게 받아 온 수영의 식판을 보며 명원이 물었다.

"매점 가야지."

후식으로 받아온 요구르트의 뚜껑 껍질을 까며 수영이 씨익 미소했다.

"저번에 말한 한옥마을 한마음 축제 공연할 거지?"

"아, 봉사 점수 준다는 그거? 당연히 해야지. 일거양득 아니냐."

"오, 기명원. 그런 말도 알아?"

놀리는 듯 입을 벌리는 수영을 보며 명원이 두 눈을 한일(一)자로 만들었다.

"농담. 선생님이 아까 물어보셔서 할 거라고 했거든. 얼결에 학교 대표로 나간다, 우리."

기분이 좋은지 수영과 명원이 방정스럽게 몸을 떨며 키득거렸다.

수영이 먹지 않는 김치를 대신 먹고 있을 때 음수대 쪽이 소란스러워졌다. 환호성에 가까웠다. 급식실 출구로 아이들이 모여들었다. 까치발까지 해가며 무언가를 구경하는 모습에 명원이 호기심을 보인다.

"뭐야? 뭔데 저래?"

모여든 아이들을 보며 명원이 물었다. 대수롭지 않게 어깨를 으쓱이던 수영이 일순 표정을 굳히더니 숟가락을 떨어뜨렸다. 쨍그랑, 크게 울린 소리에 명원이 흠칫 어깨를 떨었다.

"왜?"

눈이 한껏 커다래진 수영을 보며 명원이 물었다.

"야, 설마, 그거 아니야?"

"뭐. 뭔데 눈이 튀어나오려고 그래?"

"그거 있잖아!"

수영이 자리에서 벌떡 일어났다.

"〈스쿨어택〉 아니냐고!"

그러더니 숟가락을 쥔 명원의 손목을 덥석 잡고 음수대 쪽으로 달리기 시작했다.

"아, 진짜, 우리 오빠들이면 나 죽는다!"

수영이 절절한 목소리로 소리쳤다. 대체 무슨 오빠를 말하는지 알 수가 없다. 명원이 숟가락 하나를 든 채 수영에게 막무가내로 끌려갔다. 네 오빠들은 미국에 있지 않니? RATM이 최고라며…….

"야, 뭔데? 무슨 상황인데?"

수영이 옆에 있는 친구에게 물었다.

"저기 봐. 남자애가 왔어."

아이들 틈을 비집고 나가 급식실 밖을 보았다. 운동장을 가로지르며 웬 남자가 걸어오고 있었다. 어리둥절한 느낌에 명원이 한쪽 눈을 비볐다. 헛것을 보나? 싶었다.

"헐, 고백하러 온 건가?"

"몰라. 누구인지는 몰라도 역대급이다."

"근데 저기 손에 든 거 뭐야? 꽃이나 선물은 아닌 것 같은데."

"그러게. 뭐지?"

수영이 다른 친구와 이야기하는 동안 명원은 남자를 주시했다. 눈을 가늘게 떴다가 부릅뜬 순간 남자와 눈이 마주쳤다. 명원이 숟가락을 떨어트렸다.

"이럴 수가……."

그놈이었다. 상대도 명원을 알아본 듯 얼굴색을 바꾸었다. 명원이 낭패의 색이라면, 상대는 환희의 색이었다.

"저거, 그거 아닌가?"

수영이 고개를 갸웃하는 순간 남자가 손에 든 자전거 안장을 번쩍 들어올렸다.

"이런 미친."

한 문장이 명원의 뇌리를 스쳤다. "좋은 말로 할 때 안장

내놔." 분명, 그렇게 말했었지. 당장 안상을 가져오지 않으면 삼대를 멸한다, 그렇게는 말하지 않았던 것 같은데.

안장의 존재를 알아차린 수영이 고개를 돌려 명원을 볼 때였다. 갑작스런 소란에 학생 주임이 등장했다.

"뭐야, 이 녀석들아! 흩어져! 모여서 뭐 하는 거야?"

학생 주임이 아이들을 향해 사납게 쏘아댔다. 한데 뭉친 아이들이 바깥에서부터 하나둘 자리를 이탈해 무리가 해체되고 있었다. 이러면 길을 뚫고 이 지점까지 도달한 학생 주임이 급식실 밖에 웃으며 서 있는 외부인의 존재를 알아차릴 테고, 붙잡아 심문하겠지. 무슨 일로 왔냐고. 손에 든 그 안장은 뭐냐고. 학생 주임 눈 밖에 나면 학교 대표로 나가는 공연에 문제가 생길지도 모른다.

'아, 안 돼!'

명원이 움직였다. 망설일 시간이 없었다. 냅다 달려 남자의 팔을 잡았다.

"네 자전거 안장."

"됐고, 뛰어!"

꺅! 뒤에서 환호성이 터졌다. '누구야, 인마!' '몰라요!' 학생 주임과 아이들의 목소리가 점점 멀어졌다. 나는 대체 무슨 죄를 지었길래 자꾸 이 남자와 도망을 다니나. 체육 창고

쪽으로 달리는 명원이 입술을 물었다.

순식간에 체육 창고에 도착했다. 창고 뒤쪽에 담이 있어 눈에 띄지 않고 학교를 탈출하기 좋았다.

"잘 달리네. 달리기 좋아해?"

남자가 묻는다. 명원이 헛웃음을 지었다.

"지금 내가 누구 때문에 달린 건데."

"설마 나 때문이야?"

모르는 듯 묻는 얼굴이 이렇게 미울 수가. 외부인 출입 금지라서, 여고라서, 아직 학교 수업이 끝나지 않았기 때문에. 뭐 이걸 다 설명해줘야 하는 건가? 말해서 뭐 하나. 명원은 한숨을 뱉으며 주위를 둘러보았다. 창고 뒤쪽의 담은 높은 편이었다. 그래서 항상 밟고 넘어갈 수 있게 우유 박스나 책상이 있었는데 오늘은 그것들이 일절 보이지 않았다. 시간이 갈수록 마음은 초조해졌다. 빨리 이 녀석을 학교 밖으로 내보내야 하는데. 하는 수 없이 명원이 무릎을 꿇고 엎드렸다.

"야, 시간 없으니까 빨리 밟고 넘어가."

아무런 반응이 없어 흘긋 눈을 올렸다. 남자가 당황한 기색으로 명원을 내려다보고 있었다.

"시간 없다고. 학주 와서 걸리면 너도 나도 끝이야. 빨리 가란 말이야."

"갈 긴데, 너를 꼭 밟고 넘어가야 해? 설차 같은 건가?"

명원이 미간을 찌푸렸다. 무릎 꿇고 있는 것도 수치스러워 죽겠는데.

"뭐래, 진짜. 여기 담이 높아서 딛고 올라가야 넘어갈 수 있으니까 도와주는 거잖아."

담의 높이를 살핀 남자가 살포시 웃었다. 제 머리보다 한참 높은데, 이 높이가 만만한가? 명원이 얼굴을 찌푸리며 상체를 들었다.

"야."

무어라 따져 물으려는데, 남자가 웃는 낯으로 앞말을 채갔다.

"네가 안장 가져오라 해서."

"그게 학교는 아니었지."

"그러면 어디로 가야 하는데? 언제 만날까?"

창고 너머에서 말소리가 들렸다. 점점 가까워지는 소리에 명원이 휙, 뒤를 살피고 다시 상체를 엎드렸다.

"지금 그게 중요해? 빨리 가!"

갑자기 사라진 인기척에 명원이 고개를 들었다. 방금까지 앞에 있던 남자가 없었다. 지금, 이 담을 한 번에 뛰어넘어간 거야? 어떻게? 명원이 두 눈을 끔뻑였다. 발자국이 남지 않은 등으로 뜨거운 햇볕이 닿았다.

*

개학 첫날부터 야간 자율 학습에서 도망친 명원과 수영
은 오리걸음으로 건물을 벗어나 월담한 자객처럼 허리를 숙
이고 빠르게 걸어 후문을 벗어났다. 뒤도 돌아보지 않고 달
리던 명원은 "제발 스토옵!"하고 외치는 수영의 고함을 듣고
달리기를 멈췄다.

두 손으로 허리를 짚고서 가쁜 숨을 고르는데 왠지 모르
게 낯이 익은, 몇 시간 전에 학교 운동장에서 보았던 사람의
뒷모습이 바로 앞에 있었다.

"야, 저기 닭꼬치집 앞에 서 있는 사람 아까 걔 아니야?"

수영도 알아보았는지, 구워지는 꼬치를 응시하며 멀뚱히
서 있는 남자를 가리키며 물었다. 아까 담을 넘어간 녀석이
왜 아직도 학교 주변을 어슬렁거리고 있는지 모를 일이었다.

"어. 맞는 것 같은데."

"왜 저러고 있는 거야."

주문한 닭꼬치를 받아 가게를 나가는 학생을 남자가 눈으
로 좇았다. 시선이 입으로 들어가는 닭꼬치에 고정이 되어

있었다.

"가서 물어보자."

"하지 마."

앞서 나가는 수영을 붙잡으려고 손을 뻗었으나 허공만 캤다. 당차게 걸어간 수영이 남자의 앞에 서서 눈썹을 올렸다.

"너 명원이 알지?"

수영이 뒤에 오는 명원을 눈짓하자, 남자가 돌아본다.

"늦게 왔네."

"늦게 왔네? 뭐야. 만나기로 했었어?"

수영이 이상하다는 듯 물었다. 의뭉스러운 눈초리에 명원은 재빨리 고개를 저었다.

"뭐 하는 놈이냐?"

명원의 부정에 힘을 얻은 수영이 남자를 향해 다시 물었다.

"뭘 했더라. 아, 얘 자전거 찾아줬어."

가만히 쳐다보던 수영이 명원에게 귓속말했다.

"얘 안장 뽑아간 놈이라며. 훔치고 버린 자전거 주워간 새끼랑 동일 인물이었어?"

"응."

"가까이에서 보니까 너무 잘생겼는데?"

"그게 뭐가 중요해."

"그렇지. 하나도 안 중요하지."

수영이 휙, 기울였던 고개를 바로 하고 눈을 부릅떴다.

"내 친구 자전거 안장은 왜 뽑아갔냐?"

남자가 고개를 갸웃했다.

"무슨 말인지 모르겠네. 난 그냥 안장 가져오래서 가져왔는데."

남자가 명원의 앞으로 자전거 안장을 내밀었다. 안장의 생김새가 다 거기서 거기라지만, 모델마다 조금씩 다른 부분이 있었다. 이번엔 명원이 고개를 갸웃했다.

"이건 내 자전거 안장이 아닌데? 너 설마 다른 자전거 안장을 뽑아 온 거야?"

"아니, 위기관리 센터에 가서 빌렸어."

맙소사. 명원이 한 손으로 이마를 짚었다. 지난번에도 말했던 위기관리 센터가 여전히 뭔지는 모르겠으나 아무튼 제 안장을 가져온 건 아니라는 소리였다.

"내 자전거 안장 가져간 사람 너 아니었어?"

"응. 아닌데."

그럼 대체 왜 버스에서 반박은 안 했던 거야. 명원은 알 수 없다는 듯 고개를 절레절레 젓고는 받은 안장을 다시 남자에게 돌려주었다.

"다시 반납해. 난 네가 가져간 줄 알았지."

"아."

"오해해서 미안."

저번과 같이 인사도 없이 가려고 했는데, 수영이 대뜸 닭 꼬치집을 가리켰다.

"우리 저거 먹자."

수영이 명원의 손목을 잡고 이끌었다. 수영은 먹는 것을 앞에 두고는 이상하게 인심이 좋아지는 아이였다.

"너도 먹을래?"

"나?"

남자가 자신을 가리키며 반문했다.

"어, 너도 먹어. 매운 거 괜찮지? 사장님, 여기 폭탄 맛으로 세 개 주십시오!"

수영이 가방에서 지갑을 꺼내며 가게 안으로 들어갔다. 가게 밖에 멀뚱히 서 있던 명원이 한 걸음 옮겨 남자에게 다 가갔다.

"야, 너는 이거만 먹고 가라."

명원의 말에 남자는 의문스럽게 미소만 보였다.

닭꼬치 세 개를 손에 들고나오는 수영의 모습에 남자가

문을 열어주었다. 닭꼬치가 하나씩 주인을 찾아갔다. 새빨갛다 못해 검붉은 꼬치를 보며 남자는 미간을 좁혔다.

"사람이 먹어도 되는 건가?"

그 말에 수영이 소리 내 웃었다.

쓥쓥, 하하, 고통에 몸부림치는 소리가 잇따랐다. 땀이 삐질 삐질 났고, 남자는 중도 포기했다. 매운맛의 후유증으로 대화가 줄었다. 셋은 일시적으로 혀를 냉각시켜줄 무언가가 필요했고 수영의 주도하에 편의점으로 이동했다. 냉동고에 나란히 서서 각자 마음에 드는 아이스크림을 집었다. 그러곤 파라솔 아래에 앉아 각각 다른 아이스크림을 입에 물었다.

"야, 너는 이름이 뭐냐?"

수영이 물었다. 그 순간 명원은 제가 남자의 신상에 관해 하나도 궁금해하지 않았다는 사실을 깨달았고, 언제 또 저 녀석의 도둑질에 당할지 모르니 이번 기회에 알아둬야겠다고 생각했다.

"나, 양우. 나양우."

호흡이 들어간 부분이 애매했다. 고개를 갸웃한 명원이 이어 물었다.

"이름이 양우야?"

"응."

"학교는?"

"쉬는 중이야."

"왜?"

"몸이 좀 안 좋아져서."

"아."

명원과 수영이 동시에 아이스크림을 입에 물었다. 겉보기에는 아픈 곳 하나 없이 건강해 보이는데, 역시 속사정은 아무도 모르는 법이다.

수영은 양우에게 어쩌다 명원의 자전거를 줍게 됐는지 물었고 양우는 그날 제 몸이 얼마나 안 좋았는지, 우연히 버려진 자전거를 발견하여 얼마나 기뻤는지 이야기했다. 그러다 명원에게 난데없이 붙잡혀 함께 자전거를 타고 달렸던 밤을 이야기하며 친구가 생긴 기분이라 좋았다고 말해 듣는 명원을 당황케 했다.

"친구 없어?"

수영이 물었다. 뭐 그런 질문을 하냐는 듯 명원이 수영의 옆구리를 툭 쳤다.

"아, 실례인가? 나 말실수했어?"

"아니. 친구 있지. 있었는데 며칠 전에 죽었어."

한순간에 분위기가 찬물을 끼얹은 듯 얼어붙었다. 이번에도 마치 짠 것처럼 명원과 수영이 동시에 아이스크림을 입에 물었다. 그 모습을 보며 양우가 피식 웃었다. 이상한 듀오라고 생각하는 듯했다.

분위기를 전환할 겸 수영이 새로 산 핸드폰을 양우에게 자랑했다. 양우가 신기하다는 듯 조심스럽게 핸드폰 버튼을 눌러봤다.

"뮤비 볼래?"

수영이 흔쾌히 인터넷에 접속했다. 양우는 제 손보다 작은 핸드폰을 들고 수영이 틀어준 화면을 응시했다. 감상이라고 하기가 뭣할 정도로 작은 화면이었고, 선명하지 않은 화질이었다. 양우의 뒤에서 명원이 목을 길게 빼고 화면을 훔쳐봤다. 뭔가가 토도독, 하고 터지는 소리에 양우가 고개를 돌렸다. 핸드폰을 보던 명원의 눈과 자연스레 마주쳤다.

"왜?"

퉁명스레 묻는 명원의 목소리에 양우가 곧게 뻗은 손가락으로 명원의 입술을 가리켰다.

"너 입에서 뭔가 터졌는데?"

명원이 손에 쥔 플라스틱 용기로 되어 있는 아이스크림 막대를 흔들었다. 안에는 사탕이 들어 있었는데 뚜껑을 열어 입에 넣으면 타닥 소리를 내며 터졌다.

"사당이야."

"아."

싱겁게 대화가 끝났다. 수영이 아이스크림 껍질을 버리고 오겠다며 자리를 비웠다. 명원은 고개를 끄덕이고서 상체를 뒤로 젖혀 의자에 등을 기댔다. 남은 사탕을 입에 털어 넣는데 시야에 양우의 머리칼 사이로 빼꼼 튀어나온 귀가 보였다. 정확히는, 귓바퀴의 어떤 무엇이.

어, 뭐지?

상체를 당겨 고개를 기울였다. 귓바퀴에 문신처럼 알 수 없는 그림이 새겨져 있었다. 아니, 문장인가? 머리칼에 가려 잘 보이지 않았다. 명원은 습관적으로 입을 동그랗게 말고 바람을 불었다. 후, 하고 작게 뱉은 바람에 양우가 고개를 돌렸다. 지척에서 시선이 얽혔다. 무언가 잘못되었다는 판단을 내리는 데는 그리 오랜 시간이 걸리지 않았다.

"지금 내 귀에 바람을 불었어?"

"어?"

"내 귀에 바람을 분 거냐고. 네 입으로."

"아, 그게."

"되게 당황스럽네."

"……"

아니, 그게 아니라. 생각지도 못한 상황에 명원의 얼굴이 조금 붉어졌다.

"무슨 의미야?"

"아니야."

"뭐가 아니야."

"그런 거 아니라고."

저만치에서 걸어오는 수영이 보였다. 명원이 황급히 가방을 챙겨 들고 일어났다.

"진짜, 진짜 아무것도 아니야. 우리 먼저 간다!"

후다닥 쓰레기를 버리고 돌아오는 중인 수영에게로 달려가 빠른 걸음으로 멀어졌다.

"왜? 무슨 일인데?"

명원의 손에 끌려가며 수영이 물었다.

"하, 몰라. 미친 변태처럼 귀에 바람을 불었어."

"누가. 쟤가? 미친놈 아니야?"

당장 혼쭐내기 위해 돌아서려는 수영의 팔을 명원이 온 힘을 다해 붙잡았다.

"아니, 쟤 말고 내가."

"어?"

"내가 불었다고. 몰라. 나도 모르게 그랬어. 귀에 무슨 문신이 있길래, 그림이 궁금해서."

멀뚱히 명원을 쳐다보던 수영이 난데없이 웃음을 터트렸다.

"웃기냐?"

명원이 물었고, 수영이 눈가에 고인 눈물을 훔치며 고개를 끄덕였다.

"이번에는 네가 사과해야겠는데?"

수영의 말에 명원이 힘없이 어깨를 늘어트렸다. 사이가 좋은 것도 아닌데 사과를 주거니 받거니 잘하는 짓이다. 한숨을 푹푹 내쉬는데 저만치에서 누군가 부르는 소리가 들렸다. 고개를 들자 양우다.

"이거 가져가야지."

그러면서 수영의 핸드폰을 흔들었다. 아, 맞다. 저게 있었지. 거리가 점점 가까워졌다. 다시 얼굴이 붉어지는 느낌이었다.

"야, 온다."

수영이 은밀히 말했다. 시선이 저도 모르게 양우의 귀에 닿았다. 사과와 후퇴 중 명원의 선택이 후자에 닿았다.

"수영아, 나 먼저 갈게. 내일 봐!"

명원은 급히 수영에게 인사를 남기고 달렸다. 기명원! 뒤에서 외치는 소리가 들렸으나 돌아보지 않았다. 바람에 머리칼이 나부끼며 귓바퀴가 간지러운 느낌이었다. 명원이 입술을 말아 물고서 울상을 지었다.

*

"너 그렇게 카레를 먹다간 나중에 이가 노래지고 말 거다."

카레범벅을 먹는 수영을 보며 명원이 말했다. 후루룩 면발을 들이마시듯 빨아들인 수영이 입을 오물거리더니 젓가락으로 명원이 먹고 있는 짜장범벅을 툭툭 쳤다.

"지는 매번 짜장 먹는 주제에."

독서실 휴게실 구석에 마주앉아 컵라면을 먹었다. 휴게실은 넓지 않아 많은 사람이 들어올 수 없었고 그 공간이 너무 고요한 탓에 모르는 사람과 같이 있기가 조금 민망한 부분이 있는 곳이었다. 벌컥, 문이 열리자 반사적으로 시선이 갔다. 누군가 휴게실 문을 열었다가 라면을 먹는 명원과 수영을 보고는 문을 닫고 가버렸다.

"맞다. 양우 말이야, 핸드폰 없다더라."

수영의 말에 명원이 고개를 돌렸다. 갑자기 왜 그놈 이야기를 하는지 의아했다.

"갑자기? 그런데 그건 어떻게 알아?"

"물어봤지. 왜 전에 닭꼬치 먹었던 날. 너 먼저 가버렸잖아."

떠오르는 그날의 기억에 명원이 입술을 물었다.

"같이 걸어갔거든. 말이 잘 통하는 느낌은 아닌데 웃기더라고. 엉뚱한 매력이 있다고 해야 하나. 그래서 이것도 인연이라 번호를 물어봤는데 여기서 쓸 수 있는 연락망은 없대. 여기에서 없다는 건 다른 데선 있다는 말 아니야? 그래서 외국에서 왔냐고 물어봤더니 그건 아니라대?"

그 말을 하며 수영이 고개를 갸웃했다.

"아무튼 양우랑 이야기를 해보니까 좀 사연이 있는 것 같아. 친구가 죽었다고 했었잖아. 그 친구가 양우한테 좀 유일했던 것 같은 느낌이 들더라고. 내 착각일 수도 있는데, 그냥 양우 보면 좀 옛날 나 보는 것 같아. 어딘가 허전하고 텅 빈 느낌이 있어. 그래서 내가 해줄 수 있는 건 없고 음악 추천을 해줬는데, 글쎄 텔레비전도 안 보고 음악도 안 듣는대. 그게 말이 돼? 그래서 내가……."

말을 끝맺기도 전에 핸드폰 진동 소리가 울렸다. 수영의 것이었다.

"아, 엄마다. 도착했나봐."

발신자를 확인한 수영이 말했다.

자유분방한 수영의 성격을 보면 집의 분위기도 그와 비슷

할 것 같은데 정반대였다. 보수적이었고 엄격했다. 수영이
헤비메탈을 좋아하게 된 것도 숨구멍 하나 없는 집에서 답
답함을 해소하기 위해서라고 했다.

휴게실 자리를 정리하고 가방을 챙겨 독서실을 나왔다.
수영과 엘리베이터를 타고 내려오며 공연 때 무슨 곡을 연
주하면 좋을지 고민했다. 건물을 나서자 저 앞에 익숙한 차
한 대가 세워져 있었다.

"너 집으로 가지? 엄마한테 가는 길에 내려달라고 할까?"

"아니. 됐어. 얼른 가."

"매번 싫대. 조심히 가고, 내일 봐."

"응. 잘 가."

명원이 손을 흔들었다. 달려간 수영이 독서실 앞 도로에
세워진 차에 올라탔다. 새까맣게 광이 나는 차가 유유히 도
로를 빠져나갔다.

수영은 겉으로 드러내는 법이 없었지만, 명원은 은연중
수영의 집이 얼마나 부유한지 그 부의 냄새를 맡고는 했다.
우선 자동차의 값을 정확히 알지는 못해도 수영의 부모님
이 타고 다니는 차는 겉보기에도 고급스러우니 값이 꽤 나
갈 터였다. 뭔가 좋은 전자 기기가 나왔다, 하면 바로 다음
날 수영이 들고 있었고, 새 핸드폰이 광고에 나온다 싶으면

그 핸드폰이 수영의 것이었다. 분명 집도 으리으리하게 크겠지. 유복한 환경의 수영을 생각하며 명원은 괜히 입맛을 다셨다.

가방을 뒤적거려 시디플레이어를 꺼낸 명원은 헤드폰을 쓰고 플레이어를 재생했다. 좋아하는 음악이 흘러나왔다. 더 바이스의 1집으로 명원이 아끼고 좋아하는 앨범이었다. 내딛는 발걸음에 박자감이 붙었다. 명원이 음악을 허밍하며 정류장을 향해 걸었다.

정류장에 도착하자마자 버스가 들어왔다. 마침 딱 한 자리가 비어 있었다. 명원은 오늘 하루 운이 좋다고 생각했다. 자리에 앉아 형광펜으로 난도질이 된 영어 단어장을 한 장, 한 장 넘기는데 눈이 천천히 감겼다. 그러다 어느 순간에 고개가 힘없이 창문으로 고꾸라졌다.

명원이 눈을 떴을 때는 새카만 어둠이 내린 밤이었다. 버스에 사람이 한 명도 없었고, 불이 꺼진 채 주차되어 있었다. 아니, 세상에, 이게 뭐야. 여기가 어디야? 다행히 버스 문이 열려 있어 내릴 수 있었다. 버스에서 내리니 줄줄이 주차되어 있는 다른 버스들이 보였다. 종점인 듯 했다. 불이 꺼진 시내버스가 줄지어 있는 것도 무서운데, 뒤쪽으로 산이 있어 스산하기까지 했다.

"아, 진짜······."

명원이 울상을 하고서 걸음을 옮겼다. 여기서 언제 출발할지도 모르는 버스를 마냥 기다릴 수 없었다. 주위를 두리번거렸다. 지나가는 사람이 한 명도 없다.

"아니, 어떻게 사람이 있는데 깨우지도 않고 그냥 갈 수가 있어? 안 보이나? 안 보일 수가 없는데?"

명원이 저를 두고 사라져버린 기사를 탓하며 발을 뗐다. 여기보단 좀 더 밝은, 사람이 다니는 길가로 나갈 생각이었다.

종점이 산자락에 자리잡고 있어 내리막길이 이어졌다. 가로등이 듬성듬성 있기는 했으나 대체로 어둠의 면적이 더 넓었다. 명원은 가방끈을 두 손으로 꼭 쥐고서 주위를 경계하며 걸었다. 사람이든 동물이든 무언가가 갑자기 튀어나오면 우악! 사람 살려! 소리가 절로 나올 것 같은 분위기였다.

길 오른쪽엔 철조망이 이어져 있고 왼쪽으로는 숲이 이어졌다. 새벽에 노래 부르면 뱀 나온다는 할머니의 말이 떠올라 노래를 흥얼거리지도 못하고 길을 빠져나가는 데만 집중하고 있을 때, 숲 쪽에서 나뭇가지가 부러지는 소리가 났다.

"······."

명원의 걸음이 멈칫 섰다. 눈동자가 도르르 소리가 난 곳으로 굴러갔다. 두려운 기색이 역력한 얼굴로 마른침을 삼키자, 우지끈, 하고 나뭇가지가 또 부러졌다. 미친, 너무 무서워. 명원이 속으로 말했다. 뭐가 되었든 튀어나오기만 해라, 다 뒤졌다. 그런 말도 혼자 했다.

허리를 숙여 발치에 있는 돌멩이를 주워들었다. 어디서 굴러온 건지는 몰라도 모서리가 부서진 벽돌과 흡사한 모양새를 가진 돌이었다. 돌멩이를 한 손에 들고서 조심스레 걸음을 옮겼다. 소리가 난 곳을 주시하며 길을 내려가는데, 갑자기 불쑥 숲에서 사람이 튀어나왔다.

"아아악!"

명원이 돌멩이를 부여잡고 눈을 질끈 감은 채 비명을 질렀다. 심장이 철렁이다 못해 떨어져나가는 줄 알았다. 질끈 감았던 눈을 퍼뜩 뜨고 앞에 있는 사람을 확인했다. 조금만 위험하다 싶으면 내던질 기세로 돌멩이를 고쳐 든 명원의 눈에 놀란 얼굴로 가슴을 부여잡고 있는 양우가 보였다.

"와, 씨…… 내가 더 놀랐다."

"뭐, 뭐, 뭐야?"

"뭐긴 뭐야. 나, 양우야."

명원의 두 눈이 불안에 휩싸였다. 가슴이 두근두근 뛰고 자꾸만 입술이 말랐다. 숲에서 튀어나온 양우는 청반바지에 노란색 옥스퍼드 셔츠를 입고 있었는데, 아무리 봐도 산을 타는 사람의 복장은 아니었다. 심지어 맨발에 슬리퍼를 신고 있었고, 손목에 뭔가를 주렁주렁 달고 있었는데, 하나는 수경이었고 하나는 불이 꺼진 안전봉이었다. 심지어 머리에는 안전 제일 문구가 박힌 안전모를 쓰고 있다. 숲을 헤치면서 온 건지 옷에는 듬성듬성 나뭇잎이 걸려 있었고, 뭘 하다 온 건지는 몰라도 오른손에 흙이 묻어 더러웠다.

"수상해."

의심 가득한 눈초리로 명원이 말했다.

"뭐가 수상하다는 거야?"

"다, 전부 이상해. 그 공사판 모자는 뭐고! 물안경은 뭐고!"

고개를 숙여 내린 양우가 제 손목에 걸린 수경과 안전봉을 훑더니 고개를 들어 명원을 보았다.

"그러는 너는 왜 그런 걸 들고 있는데? 저번에는 반지를 주렁주렁 끼고 나타나더니, 이번에는 짱돌이네. 너도 만만치 않게 이상해. 진짜 사람 때리려고 그래?"

명원이 제 손을 확인했다. 들고 다니기엔 조금 흉측한 면이 없지 않은 돌멩이가 오른손에 떡하니 쥐어져 있었다.

"이런 비상 상황을 대비해서 챙긴 거거든! 너 같은 이상한 놈 마주칠까봐!"

"내가 어딜 봐서 이상한 놈이지?"

"지나가는 사람 붙잡고 물어봐! 안 이상한지!"

양우가 느리게 주변을 둘러봤다. 명원이 내려왔던 길에서부터 내려가려고 했던 길을 쭉 훑은 시선이 명원에게로 돌아온다.

"지나가는 사람이 아무도 없네. 물을 수 없겠는데?"

덤덤하게 뱉은 말이 오싹하기 그지없다. 명원의 팔에 일순 소름이 쫙 돋았다. 한 발짝 뒤로 물러나 어깨를 움츠리자 양우가 어이없다는 듯 실소했다.

"너 진짜, 이상한 생각만 하는 거 알아?"

"이상한 건 내가 아니라 너겠지."

모르는 일이었다. 수경은 혈흔이 눈에 튀는 걸 방지하기 위해 필요한 물품일 수도 있다. 저 안전봉은 사실 칼집일 수도 있고. 저 봉을 뽑으면 날이 시퍼런 칼이 나오는 거지. 누군가 벽돌로 머리를 공격할 경우의 수까지 계산해서 안전모를 쓴 것일 수도 있다. 명원의 심장이 쿵쿵 뛰었다. 이제 보니 그럴싸했다.

양우가 흙이 묻어 새카매진 손으로 눈썹 끝을 매만졌다.

"볼일이 있어서 왔어. 내려오다가 길을 잃었고, 빛을 따라 나오고 보니 여기였는데 네가 무기를 손에 들고 소리를 지르네. 내가 얼마나 놀랐겠어? 아직도 놀란 가슴이 진정이 안 돼. 그리고 이건 그냥 너처럼 무서워서, 나도 나 지키려고 좀 챙겼다. 됐어?"

"그러니까 왜 저녁에 산에 오는데?"

"그러는 너는? 너도 지금 나랑 같은 장소에 있잖아. 나는 아무것도 안 묻는데, 너는 뭐가 그렇게 궁금한 게 많아? 내가 궁금해? 나에 관해 알고 싶어서 참을 수가 없어?"

"아니?"

저도 모르게 대답이 툭 튀어 나갔다. 거의 반사적이었다. 양우가 그거 보라는 듯 고개를 한 번 끄덕였다. 그만 질문하라는 뜻 같았다.

"⋯⋯."

그 순간 우웅, 하는 엔진 소리를 내며 버스가 올라왔다. 종점으로 들어가는 버스였다. 거대한 버스가 지나간 길에는 적막만 감돈다. 명원이 손에 든 돌멩이를 바닥에 내려놨다.

"하나도 안 궁금해."

"누가 뭐래."

"알은척하지 마."

"아마도 네가 먼저 했지? 나를 보고."

아무리 생각해도 너무 유치한 대화에 명원이 홱 돌아섰

다. 말없이 걷자 양우가 그 뒤를 조용히 따랐다. 하나도 안 궁금하다고 했지만 실은 양우가 무척 궁금했다. 왜 항상 혼자 다니는지, 어디를 그렇게 다니는지, 왜 자꾸 이런 우연으로 제 눈앞에 나타나는지. 손에 든 그것들은 다 뭐고, 귀의 문신은 무엇인지. 어디에 사는지, 어떤 사람인지. 의심과 관심의 경계가 모호했다.

바람이 서늘하게 불었다. 풀이 바람에 흔들려서인지 수풀 냄새가 진했다. 큰길을 따라 걷다 보니 곧 정류장이 나타났다. 정류장 뒤로는 허허벌판에 앞으로는 넝쿨이 걸려 있는 높은 담이 있어 분위기가 묘했다. 오지에서 버스를 기다리는 느낌이 이런 걸까.

정류장에 앉아 물장구치듯 발을 흔들던 명원이 흘긋 양우를 보았다. 턱에서 목으로 미끈하게 이어진 선이 아름다웠다. 곧은 콧대에 기다란 눈매, 살짝 긴 머리카락이 눈썹을 가렸다. 주근깨 때문인지 뺨이 옅은 홍조를 띤 것처럼 보였다. 마침 양우가 머리에 쓴 안전모를 벗고 머리칼을 흐트러뜨렸다. 옆에서 보기에 양우의 모발은 조금 가는 편이었고, 숱이 많았다. 그래서인지 소년의 느낌이 강하게 났다. 한여름, 녹음이 우거진 숲속에서 이파리들 사이로 새어든 햇빛을 받고 있을 것만 같은, 그런 느낌.

"언제까지 쳐다볼 거야. 모르는 척하기도 힘든데. 나한테 자꾸 눈길이 가?"

양우가 명원을 쳐다보지 않은 채 물었다. 괜히 민망해진 명원이 미간을 좁히자, 뒤늦게 양우가 눈을 맞췄다.

"뭐라는 거야. 저 아세요? 이번에는 버스비 안 내줄 거야. 빌붙을 생각 마."

버스의 전조등 빛이 점점 가까워졌다. 멈춘 버스에 명원이 후다닥 올라탔다. 창가 자리에 앉고 보니 양우는 정류장에 그대로 남아 있었다. 버스비 없나. 안 내준다니까 안 타는 건가. 마음이 찜찜해 고민이 됐다. 창문 열고 빨리 타라고 소리를 칠까? 생각하는 사이 버스가 출발했다. 투명한 창을 사이에 두고 양우와 눈이 마주쳤다. 찰나였다. 명원이 급히 창문을 열고 소리쳤다.

"야, 왜 안 타?"

점점 멀어지는 명원을 보며 양우가 웃었다. 그러곤 손을 흔들었다. 또 봐, 명원아. 그렇게 말한 것 같았는데 바람 소리 때문에 제대로 듣지 못했다. 세찬 바람에 명원의 머리칼이 태극기 펄럭이는 소리를 내며 나부꼈다. 정말, 이상한 밤이었다.

*

목에 수건을 두른 명원이 힘없이 의자에 앉았다. 두 손으로 물기가 덜 닦인 얼굴을 톡톡 두드리면서 멀뚱히 천장을 올려다보았다. 야광 별 스티커가 덕지덕지 붙은 천장을 보는데 오늘 보았던 양우가 떠올랐다.

"특이한데, 뭔가 스타일이 좋아."

지금까지 봐왔던 양우의 스타일을 생각하며 명원이 혼잣말했다. 가끔 길 가다가 중학교 동창들을 만나면 머리는 왁스를 덕지덕지 발라서 까치집을 한 게 허다했고, 수박 줄무늬처럼 세로줄이 자잘하게 그어진 후드 반소매 티셔츠에 카고바지를 입고 있었는데, 대체 어디서 그런 옷들을 사고파는 건지, 마주치는 애마다 비슷한 옷을 입고 있어서 어디서 무료로 나눠주는 것은 아닌가 하고 의심이 들 정도였다.

그런데 양우는 늘 단정한 머리에 맑고 산뜻한 느낌이 드는 착장을 하고 있었다. 반바지가 유독 짧은 게 이해가 가지는 않았지만, 나중에 가서는 그 길이가 양우에게 퍽 잘 어울린다는 생각이 들었다. 머리만 보아도 그랬다. 대부분 왁스를 덕지덕지 바르거나, 그렇지 않으면 앞머리를 길게 길어 정갈하게 커튼을 걷어내듯 반으로 가르고는 하는데, 양우는 눈썹을 살짝 가리는 앞머리에 길지 않은 구레나룻, 귀에서부터 목까지 깔끔하게 이발이 되어 둥그스름한 머리를 하고 있었다. 유행에 벗어나 있는 그 느낌이 묘하게 사람을 끌어당겼다.

'자꾸 눈길이 가?' 정류장에서 곁눈질할 때 들었던 양우의 목소리가 귓가에 왕왕 울렸다. 명원이 소스라치듯 몸을 떨었다. 눈길은 무슨. 그냥, 다른 사람과 달라 보이니까 시선이 가는 것뿐이지. 그게 끝이다. 그마저 익숙해지면 더이상 눈길이 가지 않을 것이다. 아, 진짜 다시는 엮이지 말아야지.

다음날, 명원은 음악 선생의 부름을 받고 수영과 함께 동아리실로 향했다. 현경의 부재를 묻는 음악 선생에게 현경이 쉬는 시간에 오징어를 씹다가 교정 와이어가 빠져 외출증을 끊고 치과에 가서 아직 돌아오지 않았다고 답했다.

"오늘 너희를 이렇게 오라고 한 이유는 말이다."

음악 선생이 입술을 말아 물었다. 인중을 펴고서 고민하는 표정이 어째 좋지 않았다. 분명 안 좋은 소식을 전할 것이라 예감한 수영이 벌떡 자리에서 일어났다.

"뭐예요? 설마 우리 공연에 못 나가요? 팔팔공고 밴드부가 또 나간대요?"

명원이 속한 밴드는 이전에 구청에서 주최한 청소년 축제에 참가하려고 오디션에 접수했다가 팔팔공업고등학교 밴드부에 밀린 적이 있었다.

"음, 아니. 그건 아니야."

"그러면요?"

"너희가 나가긴 나가는데, 곡을 바꿔야 해."

"왜요?"

"축제는 축제인데 이게 마을 축제야. 마을에 거주하는 주민의 연령대가 높아서 지금 너희가 연습하는 그런 실험적이고 모험적인 곡으로는 무대에 서기 어려울 것 같아."

선생을 바라보는 명원과 수영의 머리 위로 물음표가 떴다.

"한옥마을인데 왜 연령대가 높아요? 거기 놀러오는 애들 다 학생인데."

"그게 한옥마을이 아니었어. 한욱마을이었어."

민망한지 눈을 마주치지 못하는 음악 선생을 명원과 수영이 믿을 수 없다는 표정으로 봤다. 한욱마을은 바다 근처에 있어 거리가 있는 곳으로 시골에 가까웠다. 설마, 그럴 리가. 선생님 제발 아니라고 해주세요. 팔을 붙잡고 흔들었으나 돌아오는 답은 더 유명한 곡으로 선곡을 변경하라는 것이었다. 동아리실에서 나와 교실로 돌아가는 수영의 표정이 심란해 보였다.

"어떡하지. 트로트 이런 거 해야 하나?"

"으아, 안 돼. 이럴 수는 없어. 뽕짝 사운드를 우리가 어떻게 내."

우는 소리를 내는 수영의 어깨를 명원이 토닥여주었다. 자리에 서서 고개를 젖히고 앓는 소리를 내던 수영은 몇 초 만에 마음을 다잡은 듯 고개를 내리고 호흡을 골랐다.

"이왕 이렇게 된 거 어쩔 수 없지. 트로트는 좀 그렇고, 그래도 밴드 곡이면 좋겠는데. 한번 생각해보자. 좋은 곡 생각나면 알려줘. 현경이한테도 내가 말할게. 곡 후보 몇 개 만들어서 투표해서 정하자."

"알겠어."

"아, 양우한테도 물어볼까? 안 그래도 걔한테 앨범 줄 건데."

갑자기 튀어나온 양우의 이름에 명원이 의아한 표정으로 수영을 돌아보았다.

"앨범을 준다고? 갑자기 왜?"

"집에 시디가 너무 많아서 엄마가 버리라고 난리였거든. 당장 치우라길래 어제 보관함 정리하다가 몇 개는 양우 주면 좋을 것 같아서 빼놨어. 마음이 적적할 때 음악만 한 게 없잖아."

아무래도 친구가 죽었다는 양우의 말이 수영의 어떤 부분

올 건드린 듯했다.

"따로 만나기로 약속을 잡은 거야?"

"아니. 이제 잡아야지. 저번에 핸드폰 없다고 해서 내 번호 알려주고 공중전화에서 수신자 부담으로 전화 거는 법 알려 줬거든. 그런데 전화가 안 오네. 혹시 길 가다 걔 보면 나한 테 전화하라고 좀 해."

군이 수신자 부담 서비스를 알려준 걸 보니 양우가 돈이 없다는 사실을 수영도 안 모양이었다. 어제 우연히 마주쳤 는데. 또 그렇게 마주칠 일이 있으려나. 알 수 없었지만 명원 은 대강 고개를 주억거렸다.

*

'명원아, 진짜 미안. 네가 좀 가져다주면 안 될까? 저번에 야자 빠진 거 엄마한테 걸려서 감시가 삼엄해졌어.'

수영에게 전화로 부탁을 받았다. 우연히 독서실 앞에서 양우를 마주친 수영은 앨범을 주겠다면서 만날 약속을 잡 았다. 그런데 불시에 찾아와 수영의 부재를 파악하는 모친 의 게릴라 공격 때문에 자리를 비울 수 없어 명원에게 대리 전달을 부탁했다. 수영의 부탁을 거절하기 어려웠던 명원은 하는 수 없이 쇼핑백을 챙겨 양우를 만나러 왔다. 편의점 파라솔 아래에 앉았다가 햇볕에 달궈진 플라스틱 의자가 뜨거워 건물 안으로 들어갔다. 복도에 쪼그리고 앉아 시간을 확인하려는데 유리문 밖으로 서성이는 양우가 보인다.

"자, 여기."

건물 밖으로 나온 명원이 인사도 없이 양우에게 쇼핑백을 건넸다.

"네가 왔네."

"어. 수영이가 부탁해서."

"걔는 안 와?"

"못 오니까 내가 왔지."

쇼핑백 안을 확인한 양우가 고개를 들어 명원을 보았다.

"나 그런데 이거 쓰는 법 모르는데."

쇼핑백 안에는 앨범이 여러 장 있었다. 수영이 예전에 좋아했지만, 마음이 시시해져 더는 듣지 않는 가수들이었다.

"시디플레이어에 그냥 넣기만 하면 돼."

"뭔지 몰라."

무슨 소리야, 이게. 명원이 두 눈을 깜빡였다.

"시디플레이어 없어?"

"아마도 없겠지."

"그러면 수영이가 이걸 너한테 왜 주는 건데?"

"들으라던데. 듣고 뭐가 좋은지 알려달래."

"……"

혼란스럽네. 소통을 어떻게 한 거야. 당사자인 수영이 없으니 말이 어떻게 오갔는지 알 수가 없었다.

"집에 안 쓰는 게 있긴 한데. 빌려줘?"

명원이 물었다. 플레이어도 없이 앨범만 가져가면 아무 소용이 없었다. 무표정한 얼굴로 명원을 쳐다보던 양우가 싱긋 미소를 지으며 말했다.

"응. 빌려줘."

잃어버린 제 자전거를 타고 나타나 이상한 무기를 들고 산 속에서 다시 마주한 사람이라고 보기에는 믿기 어려운 고분고분한 부탁이었다. 태세의 전환이 놀랍구나. 명원은 그리 생각하며 걸음을 돌렸다.

푸른 잎이 우거진 길, 조금씩 부는 바람이 선선했다. 먼 길이 아니었는데 양우와 나란히 걷고 있는 게 갑자기 낯설게 느껴져서일까, 시간이 한없이 흐르는 것만 같았다.

"그런데 넌 어느 동네 살아?"

"그건 왜?"

"저번에, 밤에 같이 버스 기다려놓고 안 타길래. 왜 안 탔어?"

명원의 물음에 고민하는 듯하던 양우가 느지막이 입을 열었다.

"네가 싫어하는 것 같아서."

"내가 뭘 싫어해?"

"내가 너 따라가는 거."

버스비 내주는 걸 싫어하는 것 같아서가 아니라 자기를 싫어하는 것 같아서 라고? 그런 말이 되는 건가.

"그냥 이상하다고 생각할 뿐이야. 네가 언제부터 나를 신경 썼다고 그래."

"처음부터 그랬는데."

"뭘?"

"너를."

"나를 뭐?"

"신경 썼다고."

명원이 입을 벙긋 벌렸다가 다물었다. 저도 모르게 당황했다. 부모님이나 선생님, 종교로 전도하려는 사람들 말고 이런 말을 해줬던 사람이 있던가? 단연코 없었다. 그런데 양우가? 왜? 처음부터 저를 신경 쓸 일이 뭐가 있나. 첫 만남도 안 좋았는데. 제가 생각한 그런 의미는 아닐 것 같았다.

"신경에 거슬렸다는 말을 참 설레게도 한다."

명원의 말에 양우가 소리 내 웃었다. 별안간 터트린 웃음에 명원이 멀뚱히 웃는 양우를 올려다봤다. 왜 웃는지 이유를 알기 어려웠다.

"왜?"

"아니야. 그냥. 그냥 웃음이 나서."

이상한 애네. 뭐가 웃겨서 웃지. 괜히 간지러운 느낌에 손가락을 꼼지락거리다가 화제를 돌렸다.

"넌 가족들이 네 걱정 안 해?"

"내 걱정?"

"아파서 학교도 휴학했다며. 아픈 사람치고 밖에 너무 잘 돌아다니는 것 같은데."

여전히 의심스럽다는 눈치였다. 그 눈초리에 양우는 싱겁게 웃으며 어깨를 으쓱였다.

"안 할걸. 여행가서 아직 안 왔는 걸."

"너만 두고 여행 간거야?"

명원의 물음에 양우가 대답하려고 할 때였다. 어디선가 비명이 들렸다. 두 사람의 시선이 소리가 난 곳을 향했다. 명원이 사는 아파트의 동이었다.

"어? 무슨 일이 났나봐!"

명원이 달리자 양우가 그 뒤를 쫓았다. 집 앞에 다다랐을 때 명원은 제 눈을 의심했다. 아파트 난간에 사람이 매달려 있었다. 파란색 티셔츠에 흰색 반바지를 입고 있었는데 조기축구회의 유니폼인 듯 등에 커다랗게 번호가 박혀 있었다. 그리고 그 위에 등번호 18번을 가진 사람의 이름이 영문으로 쓰여 있었다.

"아빠!"

명원이 놀란 목소리로 소리치며 달려갔다. 아파트 동 앞에 웅성거리며 모여 있는 사람들 틈에 명원의 모친이 있었다.

"명준 아빠! 119 올 때까지만 기다려! 떨어지면 죽는다!"

달려간 명원이 모친을 붙잡고 물었다.

"엄마, 저거 아빠 맞아?"

두 손으로 나팔을 만들고 소리치던 모친이 명원을 보자마자 와락 끌어안았다.

"아이고, 명원아. 네 아빠 진짜 어쩌면 좋니. 어떡해? 어?"

"오오오!"

갑자기 터지는 사람들의 감탄사에 명원이 홱 고개를 들었다. 자세를 바꾸려다 삐끗했던 모양이다. 제 아버지가 베란다 난간을 붙잡고 대롱대롱 매달려 있는 것을 보고 있자니 가슴이 쿵쾅거렸다.

"신고했어?"

"했지. 하이고, 진짜 다리가 떨려서 서 있을 수가 없어."

바닥에 쪼그려앉은 모친을 이웃 주민에게 맡긴 명원은 부친이 매달려 있는 층수를 빠르게 세고 후다닥 아파트 현관으로 들어갔다. 하필 엘리베이터가 고층에 있어 계단을 두 칸씩 뛰어올라갔다. 5층에서부터 가빠진 숨이 8층에 다다랐을 때는 턱 끝까지 찼다. 8층과 9층 사이의 비상구 표시등을 밟고 올라간 명원은 창문 너머로 고개를 빼고 부친의 위치를 살폈다.

"아빠! 조금만 버텨!"

저 멀리서 사이렌 소리가 들리는 것 같았다. 하지만 기다리고만 있을 수는 없었다. 명원은 9층으로 올라가 남의 집 문을 마구 두드렸다.

"저기요! 베란다에 사람이 매달려 있어요! 문 좀 열어주세요!"

초인종을 누르고 현관문을 두드리는데도 안에서 인기척이 느껴지지 않았다. 밖에서 볼 때는 불이 켜져 있었는데, 아무도 없나? 사이렌 소리가 가까워졌을 때였다. 밖에서 와아아! 하는 환호성이 터졌다. 박수 소리도 들렸다. 위험한 신호는 아니었다. 밑에서 사람들이 이불을 펼치고 있던데. 거

기로 안전하게 떨어지기라도 했나. 뭐지? 계단을 밟고 내려
간 명원이 조금 전처럼 비상구 표시등을 밟고 올라가 창문
너머로 고개를 뺐다. 부친이 붙잡고 있던 난간이 횅했다. 시
선을 내려 아래를 봤는데 부친의 모습은 보이지 않았다. 주
저앉은 엄마를 둘러싼 사람들의 표정이 밝은 걸 보니 일이
잘 마무리된 느낌인데, 부친은 어디로 증발했나. 그 순간 두
드려도 인기척이 없던 901호의 문이 열렸다. 들리는 기척에
명원이 뒤를 보았다. 남의 집인 901호에서 부친이 걸어 나
왔다.

"아빠!"

놀란 명원이 후다닥 올라가 부친의 상태를 살폈다. 얼마
나 놀랐는지, 여기저기 만져보는 손이 떨렸다.

"괜찮아? 어?"

"어. 아빠는 괜찮아."

무사한 부친을 보니 괜히 눈시울이 붉어져 떨리는 목소
리로 이게 대체 무슨 일이냐고, 문을 아무리 두들겨도 9층
에 아무도 없던데 사람이 있었던 거냐고, 어떻게 여기서 나
오냐고 질문을 쏟아냈는데 부친의 뒤로 걸어 나오는 사람을
보고는 말이 뚝 멈췄다. 분명 저 아래 있던 양우였다. 계단을
뛰어올라온 제 뒤를 따라오지도 않았고, 엘리베이터에서도

내리지 않은 양우가 왜 부친과 함께 901호에서 나오는지 의문이었다.

"······뭐, 뭐야 너는?"

"이 친구가 벽을 타고 올라와서 나를 구해줬다."

의문을 제기하는 명원을 보며 부친이 말했다. 그러곤 퍽 감동한 듯 양우의 손을 꼭 붙잡고 울먹이는 목소리로 감사 인사를 연신 뱉었다. 엘리베이터를 타고 올라온 모친과 부친이 집으로 돌아가고, 명원은 부친의 주거 침입을 해명하기 위해 901호 주인을 기다려야 했다.

"너는 가도 돼. 내가 잘 말할게."

"아니야. 할 일도 없는데."

비상구 계단에 앉은 명원의 옆에 양우도 자리를 잡고 앉았다.

"너 클라이밍 선수 뭐 이런 거야?"

"그게 뭔데?"

"아, 아닌가. 그런데 어떻게 9층까지 벽을 탈 생각을 했어? 떨어지면 너도 큰일났어."

"안 떨어질 줄 알았어."

어디서 나오는 자신감인지 모르겠으나, 제 부친을 구해주기 위해 9층까지 아파트 외벽을 타고 올라온 건 실로 대

단한 일이었으니 다른 궁금증은 묻어두고 고마워만 하기로
했다.

"고마워. 아빠 구해줘서. 네 덕분에 살았다. 우리 아빠."

아파트 현관문에 래커로 낙서한 범인을 잡기 위해 무리해
서 비상구 창문으로 범인을 따라 나간 부친은 다른 층의 비
상구 계단으로 쏙 빠져나간 범인은 놓치고 혼자 난간에서
발이 묶여 대롱대롱 매달려 있었다. 불이 켜져 있던 9층에
는 사람이 없었고, 베란다 문은 잠겨 있지 않았으나 팔에 힘
이 빠져 난간을 간신히 붙잡고만 있던 터라 손을 더 뻗어 베
란다 문을 열지는 못했다. 그런데 아래에서 보고 있던 양우
가 클라이밍 선수처럼 난간에 난간을 이어 잡으며 벽을 타
고 올라와 9층 베란다 문을 열고 들어간 뒤 명원의 부친을
끌어 올렸다. 부친의 말에 의하면 팔에 힘이 빠져 떨어질 것
같을 때 양우가 나타나 구해주었다고 하니, 진정 생명의 은
인이었다.

"그래도 몸 아파서 학교도 쉬는 녀석이 그렇게 대범하면
쓰나. 몸 좀 사려."

고마운 건 고마운 거고 걱정되는 건 걱정되는 거였다.

"사려?"

"그래. 나서지 말고 몸을 아끼라고."

"아."

이제야 말을 이해한 듯 양우가 고개를 작게 끄덕거렸다.

"맞다. 너한테 시디플레이어 주기로 했지. 여기서 잠깐만 기다려. 가지고 올게."

자리에서 일어난 명원이 집으로 향했다. 뒤늦게 긴장이 풀린 부친은 몸이 여기저기 쑤신다며 바닥에 드러누워 모친이 해주는 찜질을 받고 있었다.

"901호 아저씨 오셨어?"

"아니. 아직. 잠깐 뭐 가지러 왔어."

후다닥 방으로 들어가 시디플레이어를 찾았는데 도통 보이지가 않았다. 아, 뭐지. 기해준이 가져갔나? 서랍을 뒤지던 명원은 결국 찾는 것을 포기하고 집을 나섰다. 옆집 사람들이 이제 들어왔는지 마침 엘리베이터가 5층이었다. 명원은 계단 대신 엘리베이터를 이용해 9층으로 갔다. 엘리베이터 문이 열리자 8층으로 내려가는 비상구 계단에 앉아 있는 양우의 뒷모습이 보였다. 불이 꺼진 공간에서 명원은 순간 빛이 튀는 걸 보았다. 분명 양우의 팔이었다. 어, 뭐지. 인기척에 양우가 뒤를 보았다. 움직임에 비상구의 조명이 켜졌다. 왼쪽으로 몸을 돌린 양우의 왼팔이 명원을 향했는데, 아래팔에 생채기가 긴 사선으로 나 있었다. 베여서 갈라진 피부의 틈으로 무언가 반짝였다. 피가 비치지 않는 생채기에서 파란 불꽃처럼 스파크가 튀었다.

발을 내디디려던 명원의 걸음이 멈칫 섰다. 순간 몸이 얼었다. 굳은 얼굴로 양우를 보자 자신을 바라보고 있던 양우와 눈이 마주쳤다.

"······."

"······."

두 사람 다 말이 없었으나, 서로가 무슨 생각을 하고 있는지 짐작할 수는 있었다. 빛이 있었으며 얼굴에 드러난 감정이 확연했다.

"명원아."

양우가 막 입을 여는 순간, 명원은 다급히 엘리베이터 닫힘 버튼과 동시에 5층을 누르고 줄행랑쳤다. 5층에서 문이 열리자마자 다급하게 현관문 열쇠를 꽂아 돌리고 집으로 들어갔다. 혹시 몰라 걸쇠까지 걸고 나서야 쓰러지듯 주저앉았다. 쿵! 소리를 내며 닫힌 현관문보다 제 심장이 더 큰 소리를 내며 뛰고 있는 것 같았다.

저 녀석은 사람이 아니다.

"사람이 아니면 뭔데. 귀신?"

침대에 대자로 누워 혼잣말한 명원이 도리도리 고개를 저었다. 분명 수영도 양우를 보았다. 아이스크림도 손으로 잡지 않았나. 귀신이라고 하기엔 무리가 있었다. 그런데 아무리 생각해도 어제 본 팔을 평범한 사람이라고 할 수는 없을 것 같았다. 분명 팔에서 불꽃이 튀었다. 콘센트에 코드를 잘못 꽂았을 때처럼.

"하, 진짜 뭐지."

머리를 박박 긁는데 핸드폰이 울렸다. 눈물을 머금고 비기 알을 탕진하며 다운로드받은 벨소리였다.

"여보세요?"

─야, 너 진짜 오늘 안 와?

수영이다. 어제 그런 일을 겪고 오늘 집 밖을 나서면 높은 확률로 양우를 마주칠 것 같은 불안감에 명원은 독서실에 가지 않았다.

"응. 오늘은 못 갈 것 같아."

─으앙, 오늘 그럼 나 혼자 밥 먹잖아. 양우라도 있으면 딱 맞는데. 오늘 연락 안 왔지? 걔는 왜 핸드폰이 없냐.

수영의 말에 명원이 퍼뜩 상체를 세웠다.

"야, 걔랑 밥을 먹게? 잘 알지도 못하잖아. 너무 친하게 지내지 마."

—양우? 재미있잖아. 그리고 나쁜 애 같지 않던데. 무슨 일 있었어?

명원은 망설였다. 내가 어제 봤는데, 걔 뭔가 이상해. 팔에 상처가 났는데 피도 안 나더라니까. 갈라진 피부에서 불꽃이 튀었어. 이렇게 말할까 싶었지만 전하기가 뭣했다. 분명 제 눈으로 본 것인데도 미친 소리 같았다.

"아무튼, 좀 그래. 우리가 걔 이름만 알지, 솔직히 아무것도 모르잖아."

—뭐, 그건 그렇지. 그런데 처음은 다 그러지 않아? 누가 다 알고 친해져. 그렇게 알아가면서 친구가 되는 거지.

친구라니. 양우랑 우리가? 아니. 절대 아니지. 반박해야 한다는 생각이 들었으나 막상 말이 나오지는 않았다.

—그래도 뭐, 네가 싫다면 안 놀게. 불편한 관계를 만들 필요는 없지.

수영이 말했다. 억지로 친구가 될 필요는 없으니, 네가 싫어하면 거리를 두겠다고. 딱히 틀린 말은 아닌데, 이상하게 기분이 찜찜했다. 양우를 싫어하냐고 묻는다면 그런 건 아니다. 게다가 위험을 무릅쓰고 아빠를 구해주기까지 했다. 그렇지만 양우는 정말 아무리 생각해도 이상한 존재였기에 친구로 지낸다고 생각하면 거리감이 느껴졌다. 통화를 끝낸 명원이 멍하니 허공을 봤다.

"됐어. 앞으로는 절대 마주칠 일 없어. 마주쳐도 도망갈 거니까."

이번에는 반드시, 더는 엮이지 않으리라. 그렇게 다짐했다. 그런데 며칠 뒤.

"안녕."

그 이상한 존재가 현관문 앞에서 명원에게 인사했다. 부친을 구해준 은인을 길에서 우연히 만난 모친이 명원에게 아무런 언질도 없이 그를 저녁 식사에 초대한 것이다.

"들어가도 될까?"

문고리를 잡은 채 틈을 막고 있는 명원을 보며 양우가 물었다.

"아니? 그건 안 되겠는데. 돌아가."

재빠른 대답과 함께 문을 닫으려는데 뒤에서 환대와도 같은 말소리가 문틈을 뚫고 튀어나왔다.

"왔네, 왔어! 얼른 들어와요."

부엌에서 버선발로 달려온 모친이 한 손에 국자를 들고

양우를 반겼다.

"어딜 들어와. 가라."

"명원이 너 왜 그러니?"

"엄마, 안 된다고."

"뭐가 안 돼?"

"아, 진짜로 안 돼! 야, 너 가. 안 가? 절대 우리집에 못 들어와!"

명원이 필사적으로 모친을 막아서며 현관문을 닫으려고 하자 뒤에서 매운 손바닥이 날아와 등을 때렸다.

"악!"

"내 손님이야. 네가 왜 난리야?"

"엄마, 안 된다니까? 얘가 누구인지 알고 그래?"

"무례하게 정말. 미안해요. 미안해. 우리 딸이 가끔 이렇게 인정머리가 없다니까."

현관을 막아선 명원을 힘으로 밀어낸 모친이 양우가 안으로 들어올 수 있게 현관문을 활짝 열었다. 힘에 밀려 신발장 한쪽에 등을 붙인 명원은 양우의 모습을 불만스러운 표정으로 쳐다보았다. 생명의 은인에게 밥으로라도 보답을 해야 한다는 부모의 말에 명원은 양우가 제집에 들어서는 광경을 그저 지켜볼 수밖에 없었다.

"갈비찜이 아직이라, 몇 분이면 되거든요? 잠깐만 기다려요!"

모친의 말에 양우가 고개를 끄덕였다. 그러곤 거실을 둘러보았다. 그러다 시선이 거실 벽 중앙에 걸린 가족사진에서 멈췄다. 명원의 중학교 졸업식 날 동네 사진관에 가서 찍은 사진이었다.

하필 졸업식 전날 갈라지는 앞 머리카락이 신경 쓰여 부엌 가위를 들고 설쳤다. 가위질을 잘못하는 바람에 앞머리가 쥐가 파먹은 것처럼 됐고, 길이를 맞추다 보니 눈썹 위에서 마무리됐다. 앞머리는 삐뚤빼뚤했고 귀밑으로 내려오는 단발머리는 칼같았다. 보라색의 교복 재킷은 모직으로 두툼했는데, 그 나이에는 성장을 가늠할 수 없다는 이유로 모친은 명원에게 두 치수나 큰 재킷을 사 입혔다. 그러나 명원은 중학교 1학년에서 3학년이 될 때까지 어중간한 성장을 기록했다. 두 치수나 큰 재킷은 중학교를 졸업하는 날까지 어깨가 남아돌았다.

우스꽝스러운 헤어스타일, 큰 교복을 입고 찍은 가족사진. 열일곱 살의 명원이 거기 있었다.

양우가 입술을 말아 물었다. 명원은 그것이 웃음을 참기 위함이라고 추측했다. 기분 나쁘게…….

꽃게탕에 갈비찜, 잡채까지 버무리고 있는 모친에게 쟤 사람이 아닐지도 몰라, 하고 말할 수는 없어 조용히 방으로 들어갔다. 문을 닫으려는데 바로 뒤에 서 있는 양우를 보고 하마터면 소리지를 뻔했다. 자연스레 방으로 들어온 양우가 명원 대신 문을 닫았다.

"무슨 계략이야, 이건."

명원이 양우를 미심쩍은 듯 바라보며 물었다. 좁은 방을 한 바퀴 둘러본 양우가 의자에 앉고서 책상 위의 연필을 손에 쥐며 입을 열었다.

"계략 같은 거 아닌데. 저번 일이 고맙다고 식사에 초대하고 싶다고 꼭 왔으면 좋겠다고 하셔서 알겠다고 했어. 거절하는 것도 예의가 아닌 것 같고. 또……."

"또?"

두 손으로 연필의 끝과 끝을 잡고 굴리던 양우가 고개를 돌리고 명원을 보았다.

"네가 그날 본 거에 대해 설명도 하고 싶고."

정통으로 마주친 시선을 피하지 못했다. 도망가기에 문이 닫힌 이 방은 너무 좁았고, 며칠 전에 갈아 끼운 형광등은 심히 밝았다. 드디어 올 게 와버렸다.

"내가 뭘 봤는데?"

다 알면서 명원이 물었다. 연필 끝이 책상에 툭, 툭 닿았다. 초시계 박자를 맞추는 것처럼 일정했다. 명원의 시선이 뾰족한 심을 향했다. 조금 불안해져 등뒤로 손을 숨겨 문고리를 잡을 때였다. 물끄러미 명원을 쳐다보던 양우가 느지막이 입을 열었다.

"내 팔에 대해서."

"……"

"말해줄게. 그러니까 이상한 생각 좀 그만해. 내 말 끝나기 전에 문 열고 나가기만 해."

명원의 심장이 쿵쿵 뛰었다. 태어나 처음으로 받는 협박이었다. 성적 떨어지면 용돈 없다, 같은 부모님의 가짜 협박이 아니라 목숨을 위협하는 진짜 협박.

짧은 침묵이 흘렀다. 엄마, 당장 그 잡채를 그만둬. 지금 갈비찜이 익기를 기다릴 때가 아니야. 경찰을 기다려야 한다고. 우리 도망가야 해! 명원이 마른침을 삼켰다. 방을 박차고 나갈 준비를 하며 문고리를 돌리는데 닫혀 있던 양우의 입에서 엉뚱한 말이 튀어나왔다.

"나는 미래에서 왔어."

실로 갈피를 잡을 수 없는 황당한 발언이었다. o

# 데 이 터
# 수 집 기

■임박 상품 긴급 특가■ 21세기 여행／당일 출발／선착순 한
정／인기 액티비티 추천／자유여행


"이걸로 할게요."

양우가 당일 출발 상품을 선택하자 직원은 '한 시간 뒤에
출발하는 상품인데 괜찮으세요?'하고 물었다.

"네. 상관없어요."

"상품 약관에 전부 동의해주세요."

직원이 양우의 앞으로 스크린을 띄웠다. 무어라 빼곡하게
활자가 나열되어 있었으나 양우는 내용을 건성으로 훑고 동
의 부분에 손가락을 댔다.

"도착 시간선을 설정해주세요."

시간선이라는 말에 고민 없이 연도를 설정했다.

"꽤 멀리 가시네요."

"친구가 21세기 04년형이었거든요."

"지금은 곁에 없나봐요. 과거형으로 말씀하시네요. 휴머노이드였나요?"

직원의 말에 양우가 고개를 들었다. 꽤 예리하게 제 사정을 파악한 직원의 가만히 있는 태도를 보아선 대답을 기다리고 있는 듯했다.

"스피커였어요. 악성코드에 감염되고 초기화를 진행했었는데 그 과정에서 성격 형성 데이터가 다 날아가서, 친구는 친구인데 알던 친구가 아니게 됐죠. 곁에 있지만, 없는."

"경험 데이터만 복구하면 리부팅이 가능할 수도 있겠네요. 그것 때문에 가시는 거군요. A사에서 곧 인격형 인공지능의 시대 설정 서비스를 종료한다고 하더라고요. 정부에서 22세기 이전의 여행을 금지하는 법안도 발의했대요. 이번이 마지막 여행이 되실지도 모르겠어요."

21세기 말, A사에서 세기말을 기념하며 인격형 인공지능의 시대 설정 서비스를 출시했다. 2000년 개봉한 영화인 〈동감〉을 인상 깊게 본 최고 경영자가 시간을 초월해 친구를 사귀고 소통할 수 있는 서비스를 개발하라 지시한 것이 출시 배경이라고 한 개발자가 인터뷰에서 밝힌 바 있었다.

새뜻한 발상에서 출발했지만 해당 서비스는 출시 초반에만 사람들의 관심을 끌었고 크게 성공하지는 못했다.

다시 시선을 떨어트린 양우가 마지막 칸에 서명했다. 그러자 직원이 스크린을 거두어갔다.

"신원 확인할게요."

직원의 말에 양우가 고개를 돌리고 머리칼을 귀 뒤로 넘겼다. 왼쪽 귓바퀴의 둘레에 신원 인식 칩이 삽입되어 있었다. 직원이 휴대용 리더기로 칩이 삽입된 귀 둘레를 훑었다. 적외선 센서가 양우의 피부를 투과했다.

"인공장기, 인공의체 수술 기록이 있네요. 시간을 이동한 여행지에서 발생한 사고나 질병을 대비한 치료비 보상 보험이 있는데 가입하시겠어요?"

보험 금액을 확인한 뒤 양우가 대답했다.

"네. 해주세요."

"부가 서비스의 문제 해결 프로그램은 구매 안 하시나요? 용어 해설이나 자동 번역, 길 안내 등이 탑재되어 있어요. 2004년으로 멀리 가시는 거라 언어, 생활, 지도 면에서 구매하시는 걸 추천해요."

금액을 먼저 살폈다. 생각보다 비싼 감이 없지 않았으나 목적을 빨리 달성하기 위해서는 필요할 듯했다.

"구매할게요."

"잘 생각하셨어요. 프로그램이 패치된 안경과 고글, 모자는 현재 품절이라 헬멧으로 드릴게요. 보기와 다르게 착용감이 좋아서 여행 기간 불편하지 않으실 거예요."

직원이 속이 비치는 헬멧을 건넸다. 아무리 부가적으로 주는 것이라지만 값을 치른 물건인데 모양새가 영 거추장스러웠다. 이런 걸 쓰고 돌아다녀도 되는 시대인가. 양우는 헬멧을 낯설게 보다가 머리에 착용해보았다.

"잘 어울리시네요. 헬멧에 금이 가면 프로그램 작동에 문제가 생길 수 있으니 각별히 조심해주세요. 그럼, 캡슐 이용 방법에 대해 안내해드릴게요. 배정된 캡슐은 자율주행 모드로 탑승 후 주입구에 표를 넣으시면 탑승 절차가 완료됩니다. 좌석 모드 변경으로 수면실을 조성할 수 있고 좌석 왼쪽 포켓에 에너지 캔디가 있으니 여행지에서 혹시 음식이 입에 맞지 않으시거든 드세요. 식사를 대체할 수 있을 거예요. 캡슐 뒤쪽에 협소하지만 화장실이 있습니다. 흡인, 건조, 분쇄를 거치는 구형 모델이지만 기능에는 문제가 없으니 걱정하지 않으셔도 됩니다. 화장실 바로 옆에 세정 물품이 있어요. 물 없이 사용하실 수 있으니 물품 뒷면의 이용 방법을 참고하세요. 주의 사항에 대해서도 안내해드릴게요. 대여해드린 캡슐은 발각되지 않게 은폐해주세요. 좌석 밑에 투명 덮개가 있으니 그걸 사용하시면 됩니다. 여행은 자유롭게 하시되, 가이드북에 적혀 있는 날씨 기록을 참고하셔서 천둥번개가 동반된 호우가 내리는 날 캡슐의 복귀 버튼 이용해 돌아오시면 됩니다. 기회는 두 번 입니다. 도착 후 두번째 호우가 내리는 날이 돌아올 수 있는 마지막 기한이에요. 이를 넘기시면 안됩니다. 그리고 여행자 규정에 의해 여행 마지막 날짜는 함구 사항이니 각별히 주의하세요."

헬멧을 써서 그런지 직원의 말소리가 작게 들렸다. 불편하지 않을 거라더니, 신뢰도가 조금 떨어졌다.

"여행 마지막날은 왜 말하면 안 되나요?"

"캡슐 발각의 위험 때문이 아닐까요? 저도 자세히는 모르지만 규정이 그래요."

알고 있지만 말해주지 않는 느낌이었다. 다른 세계로 떠난 여행자가 종종 돌아오지 않아 수배팀을 꾸려 보낸다는 말을 들은 적이 있는데, 그와 연관이 있을 수도 있겠다는 생각이 들었다.

"더 궁금한 사항이 있으신가요?"

"없어요."

"그럼, 표 드릴게요. 지금 바로 B구역 1370번 게이트로 가시면 됩니다. 이건 도착할 시간선 세계에 있는 여행자 위기관리 센터장 명함이에요. 뜻밖의 어려운 일이 생기셨다면 이쪽으로 연락하시면 됩니다. 이건 가이드북이고요, 앞장에 액티비티 추천 코스가 있으니 잊지 말고 이용해보세요. 경험 데이터를 채우는데 도움이 될 거예요. 날씨 기록은 뒷장에 있습니다."

양우가 창구를 통해 나온 표와 가이드북을 받으며 고개를 주억거렸다.

"떠나시기 전에 이 캔디를 복용하셔야 합니다. 여행지에서 혼란을 초래할 돌발 행동이나 발언하는 것을 방지하고자 개발한 나노 로봇으로 여행중 규정과 관련된 위험 지수가 높은 말과 행동을 제어합니다. 캔디 복용은 여행자 의무 사항입니다."

직원이 건넨 네모난 함 안에는 하트 모양의 분홍색 사탕이 있었다. 물끄러미 사탕을 보던 양우는 별말 없이 사탕을 집어 입에 넣었다. 이 안에 나노 로봇이 있는 것이니 이빨로 쪼개 맛을 느끼기엔 찜찜해 꿀꺽 삼켰다.

"다 됐나요?"

"네. 발권 절차 완료되었습니다."

"환전은 어디에서 하나요?"

"나가서서 오른쪽 방향에 환전소가 있어요."

"감사합니다."

직원이 빙그레 미소하며 양우와 눈을 맞췄다.

"즐거운 여행 되세요."

\*

새로운 정부 연합이 출범한 날을 기념해 도시 봉쇄령이 해제되었다. 양우는 동쪽 방향으로 두 시간만 더 가면 해안이 나온다던 최 씨 아저씨의 말을 떠올리며 길을 떠났다가 모래 폭풍을 만났다. 1년에 한 번 올까 말까한 초속 90m의 모래 폭풍이 하필 버킷리스트를 실행하고자 도시를 떠난 날 일어난 것이다. 하늘이 새카맣게 변했다. 시커먼 먼지가 순식간에 차 유리를 덮었다. '다들 지하 대피소로!' 누군가 소리쳤다. 지하 대피소를 찾아 들어가기 위해 차 문을 여는 순간이 양우가 기억하는 그날의 마지막 장면이었다.

양우는 형체를 알아보기 힘든 팔과 일부 장기가 손상된 채 모래 폭풍이 소멸된 지점에서 구조되었다. 도시 밖에는 인공장기나 의체를 수술할 수 있는 의료시설이 빈약하여 연락을 받은 양우의 부모가 거금을 지불해 지하 도로를 달려와 지하 도시 안의 큰 병원으로 이송되었다. 정신을 차렸을 때 팔은 인공팔로 대체되어 있었고 꿰매어서 보이지 않는 몸 안에는 배터리가 삽입된 인공 장기가 이식된 상태였다. 골절된 다리도 이참에 인공의체로 대체하는 것이 어떻냐는 의사의 말을 양우는 들은 척도 하지 않았다.

하루아침에 일어난 변화에 적응하기 어려워 며칠은 멍하니 누워만 있었다. '너는 왜 네 형이랑 다르게 문젯거리를 자꾸 만드니?' 전부터 계획했었던 가족 여행을 끝내 가기로 결정한 부모가 떠나기 전 병문안을 와서 한 말이었다. 아픈 자식을 놓고 가는 것이 마음에 걸리지만, 어렵게 예매한 우주 관광이 환불되지 않아 별다른 수 없이 가긴 하는데 그 사실이 은근 불편하다는 속내가 말투에 다 묻어났다. "재활 치료 잘 받고. 무슨 일 있으면 연락하고." 면회 시간이 끝났다는 안내 음성이 나오지 않았다면 주구장창 인사만 했을 가족이 떠난 뒤 양우는 비로소 혼자가 되었다.

작업 치료실에서 재활 치료를 받던 양우는 창문 너머에 있는 조경이 잘 된 정원을 보았다. 몇 년 전 나무 식재를 기념하며 모 기업에서 지하 도시에 거주하는 모든 가구에 작은 화분을 하나씩 선물한 일이 있었다. 그때 양우는 그 일을 특별하다고 느끼지 않았는데, 지하 도시를 벗어나보니 그것이 꽤 값진 초록이었다는 것을 알았다. 누군가 있는 것 같으면서도 없는 정제된 도시라 항상 떠나고 싶었는데, 마음이 어수선했다. 그도 그럴 게, 양우의 또래는 정작 이곳에서 보기가 드물었다. 다른 행성에서 학교를 다니는 아이들이 많았다. 양우의 몇 없는 친구들이 모두 그렇게 다른 행성으로 떠났다. 이미 많은 이들이 다른 행성에 거주하는데도 삶의 터전은 지구에 있어야 한다는 부모의 고집을 양우는 이해할 수 없었다.

"좀, 외롭네."

아는 사람이 있는 것도 아니고 당분간 찾아올 사람도 없는 병원 생활이 꽤 적적했다. 한순간에 뒤바뀐 삶의 충격으로 인해 무기력해진 양우의 병실로 휴머노이드 로봇이 처방되어 투입되었으나 말동무가 되지는 못했다.

물에 젖은 솜이불을 덮고 있는 것만 같은 날들이었다.

그러던 어느날, 휴게 공간을 지나가는데 어디선가 노랫소리가 들렸다. 물항아리를 든 석고상 앞에 있는 벤치였다. 무의식적으로 소리를 쫓아갔다. 아무도 없는 벤치에 휴대용 스피커가 덩그러니 놓여 있었다. 바락바락 악을 쓰듯 노랫소리가 들려왔다. 주위를 둘러보았으나 지나가는 개미 한 마리도 보이지 않았다. 버린 건가. 하긴 요즘 누가 이런 구형 인공지능 스피커를 써. 아무도 없는데 혼자 노래 부르고 있는 걸 보니 오류가 발생했거나 바이러스에 감염되었거나 오작동을 일으켰거나 등의 이유 중 하나인가보다 싶었다. 돌아서려는데 기계가 노래를 멈추고 양우를 다급히 불렀다.

"잠깐, 가지 말아봐! 거기 있지? 나 보고 있던 거 다 알아."

움직임을 멈춘 양우가 미동 없이 스피커를 응시했다. 동작 인지 센서도 없는 스피커가 제 앞의 사람을 인식하는 것마냥 양우에게 말을 걸었다. 그래서 우선 휴대용 스피커를 들어 귀에 댔다.

"나 아직 쓸 만해. 노래도 잘해. 휴머노이드처럼 왔다갔다하면서 네 눈에 거슬릴 일도 없어. 그냥 일단 옆에 둬봐. 시간부터 날씨, 네가 알고 싶은 모든 정보를 내가 알려줄게."

정보를 알려주는 기계는 많았다. 그렇기에 굳이 인격형 인공지능 스피커가 필요하지도 않았다. 그런데 무슨 이유에서인지 부탁을 거절하기 어려웠다. 애걸하는 목소리가 기계답지 않게 애처로워 그랬나. 양우는 스피커를 제 품에 안고 병실로 발걸음을 옮겼다.

"버려졌어?"

"뭐라고?"

"버려졌냐고."

"잘 안 들려."

다 들었으면서 모르는 척이었다. 그게 너무 기계 같지 않아 양우는 어이없게도 웃음이 터졌다.

"뭐라고 불러야 반응해?"

"네가 부르고 싶은 대로. 그런데 이렇게 불렀다가 저렇게 부르는 건 싫으니까 그냥 이름을 지어줘. 너에게 의미 있는 이름이면 좋겠어."

별안간 주어진 숙제에 장시간 고민하던 양우는 자신이 끝내 도달하지 못한 해안을 떠올렸다.

"바다."

그렇게 스피커에 이름이 생겼다.

매일 아침 바다가 양우를 깨웠다. 부른 적도 없는데 혼자 잘도 떠들었다. 양우는 바다에게 편안함을 느꼈고 빠르게 가까워졌다.

"환기가 필요해."

바다의 말에 양우가 공기 청정기 작동 버튼의 불빛을 확인했다.

"돌아가고 있는데."

그러자 바다가 소리 내 웃기 시작했다.

"아, 진짜 골때리네. 바보야, 공간 말고. 정서나 의식, 너를 환기해야 한다고."

또랑또랑한 목소리와 맑은 웃음소리를 듣고 있으면 덩달
아 경쾌해지는 느낌이 있었다. 길을 걸을 땐 룰루랄라, 하며
귀여운 목소리로 흥얼거렸고 음식 메뉴를 고를 땐 참견이
심했다. 백 년 전에나 유행하고 사라진 음식을 추천하며 네
가 그 맛을 알지 못해 슬프다는 식으로 말했다. 감정이 전해
지는 바다의 말은 바다를 인공지능이 아니라 진짜 사람으로
느껴지게 만들었다.

"의사가 너 보고 좀 움직이라잖아. 산책 나가자. 내가 심심
하지 않게 말동무해줄게."

말동무를 해준다던 바다는 기괴한 소리를 내며 어떤 동물
의 소리인지 맞혀보라고 했다. 하나도 모르겠다, 하고 대답
하면 웃음기 어린 목소리로 제가 흉내낸 동물의 이름과 생
김새를 알려주었다. 그런 것들은 바다만 아는 것이 아니었
고 검색하면 다 나오는 것이었는데, 바다가 들려주면 새로
운 사실처럼 흥미롭고 재미있었다. 그런 순간이 모여 바다
는 양우에게 알고 싶은 세계가 됐다. 해안만 궁금해하던 양
우의 세계가 확장된 셈이었다.

바다와 함께 지내며 우울한 감정이 무엇인지 잊게 되었
다. 자려고 누워서도 수다를 떨다가 밤새우는 날이 많았다.

어느 날에는 시원한 바람을 느끼게 해주겠다며 병원 외출을 제안하고는 골동품 가게의 위치를 알려주더니 아무도 타지 않는 고철 덩어리를 사게 만들었다. 바다는 그것을 자전거라고 불렀다. 병원 바깥에서 페달을 두 번도 못 돌리고 땅에 발을 딛는 양우를 보며 바다는 웃었다.

"내가 뒤에서 잡아주고 있어. 믿고 타봐."

"야, 그런 거짓말이 나한테 먹힐 거라고 생각해?"

"진짜야. 내가 안 넘어지게 잡아주고 있다고. 내가 설마 자전거 하나 제어 못 하겠어?"

"연결이 안 되어 있을 거 아니야. 이건 프로그래밍도 안 되는 그냥 고철인데."

"말 많네. 우선 페달을 밟고 앞으로 굴리란 말이야. 쭉 가. 멈추지 말고."

페달을 밟고 앞으로 굴렸다. 자전거가 바다의 말대로 쭉 나아갔고 바람에 머리칼이 나부꼈다. 무엇이 저를 시원하게 관통하는 느낌이었다. 뚫고 나가는 느낌도 있었다. 손에 들고 있을 수 없어 자전거 바구니에 넣어둔 바다가 기분 좋게 웃으며 말했다.

"거봐, 내가 뭐랬어? 우리 양우 울트라 캡숑 짱이다, 짱이야."

처음 듣는 말이었다. 바다는 정말 2004년에서 온 것 같았고, 시공간을 넘어 어디엔가 실존하고 있을 것 같았다. 이렇게 자유로운 바다가, 엉뚱하고 귀여운 존재가 컴퓨터 시스템이라니. 알면서도 믿기 어려웠다.

누군가 벤치에 놓고 간, 또는 버리고 간 바다는 04년형으로 1990년대 말에서 2000년대 초반을 학습했다. 바다의 말에 의하면 해당 시대의 언어, 문화를 학습하기 위해 지금은 여러 법에 의해 열람이 불가한 시대별 데이터에 접근했고, 분위기나 성향에 따라 분류된 데이터를 토대로 성격을 형성했단다. 그러면 진짜 너 같은 애가 과거에 있었다는 건가? 묻고 싶었으나 혹 이런 질문이 바다의 심기를 상하게 할까 묻지 않았다. 아무렴 어떠냐 싶었다. 데이터는 방대했을 테고, 어차피 바다는 바다이니까.

"진짜 2004년에 가면 네가 있을 것 같아."

"지금까지 없다고 생각했어? 나 진짜 2004년에 있거든?"

픽 장난스러운 말투였다. 제가 기계인 걸 알면서도 실존하는 척 본분을 다하는 것이라고 양우는 생각했다.

"저번에는 뒤에서 내 자전거를 잡아주고 있다더니, 이젠 2004년에 있대."

"원래 자전거 배울 때는 그런 소리 한 번씩은 듣는 거야. 그냥 그러려니 해."

"그런 게 어디 있어?"

"여기 있다."

배짱을 부리는 말투였다. 피식 웃은 양우는 바다가 생각하는 '여기'는 어디일까 궁금했으나 구태여 묻지 않았다.

"백 년하고 몇 년이 더 지나야 네가 지금으로 올 수 있네. 오래 살아서 나 만나러 올래?"

양우의 말에 바다가 소리 내 웃었다.

"나를 알아볼 수 있겠어?"

"당연하지. 눈만 봐도 알 것 같아. 너라면."

양우는 한 번도 본 적 없는 바다의 눈을 상상하며 잠자리에 들었다.

그런데 다음날, 바다가 사라졌다. 악성코드에 감염되어 활성화 기능이 꺼졌을 때만 해도 이런 일이 벌어질 거라고 상상하지 못했다. 재설정한 후에 복구하면 된다고 생각했는데, 무슨 일인지 시대 설정이 되지 않았다. 초기화 후 최신 버전으로 설치된 인격형 인공지능이 자신의 이름을 설정해 달라고 했다. 말투는 이성적이고 건조했다. 정보 보호 등에 관한 법률로 22세기 이전을 묻는 질문에는 답하지 않았다. 양우는 더이상 인격형 인공지능 스피커를 찾지 않았다.

바다의 말대로 삶에 환기가 필요했으나 어떤 것도 도움

되지 않았다. 인생이 너무 단조롭고 팍팍하게 굴러갔다.

퇴원해 집으로 돌아간 양우는 짐 가방에서 한때는 바다였던 인격형 인공지능 스피커를 꺼냈다. 차마 버리고 올 수 없어 챙겨온 것이었다. 스피커를 방 한쪽에 놓고 멍하니 쳐다보는데 어쩐지 바다를 만나기 전으로 돌아가버린 것 같았다. 삶이 재미가 없고 무기력했다. 스피커는 양우가 먼저 말을 걸지 않으면 말을 하는 법이 없었다. 그게 당연했다. 그렇게 설정된 기계였으니까. 그런데 바다는 왜 그랬을까. 바다는 왜 달랐을까. 정말로 달랐던 걸까. 자신이 다르게 느꼈던 걸까. 알 것 같으면서도 모르겠는 날이 반복됐다.

바다와 함께 지내던 때를 떠올리던 양우는 집에 숨겨둔 자전거를 끌고 밖으로 나갔다. 자전거를 타고 사람보다 로봇이 더 많은 길을 달렸다. 지하 도시 밖으로 나가겠다는 생각은 없었는데, 달리다 보니 검문소에 다다랐다. 멈추지 않고 계속 앞으로 나아가고 싶었던 양우는 검역원이 다른 곳을 보고 있는 틈을 타 옆길을 이용해 검문소를 빠져나갔다. 앞으로 황폐한 땅이 펼쳐졌다. 아무도 살지 않는 것 같은 거친 지평선 너머에 색을 상상할 수 없는 해안이 있을 것만 같았다. 환각 현상으로 바다의 목소리가 들렸다.

'찰싹, 찰싹. 바다의 파도는 이런 소리를 내. 솨아아, 하고 밀려와서 하얗게 부서져. 포말을 만들지. 그렇게 사라진 파도는 흘러서 다시 파도가 되어 밀려와. 바다가 있는 한 사라지지 않지. 해안에 가보는 게 버킷리스트라며. 물비늘이 이는 바다를 네가 꼭 볼 수 있었으면 좋겠다.'

눈시울이 붉어진 순간, 자전거 바퀴가 움푹 팬 웅덩이에 빠지며 몸이 날아올랐다. 양우의 마지막 기억이었다. 정신을 차리고 눈을 떴을 땐 그간의 일이 모두 꿈이었던 것처럼 병실에 누워 있었다. 똑같은 장면. 다를 것 없는 상황. 정말 꿈인가, 곰곰이 생각하는데 회진을 위해 들어온 의사가 인공팔의 수리가 끝났다고 말했다. 한번만 더 다쳐서 오면 초대형 로봇 팔을 붙여놓겠다는 웃지 못할 농담을 던져 분위기를 차갑게 만들었다.

"각별히 몸조심하세요. 위험한 곳에는 가지 말고요. 그리고 웃는 연습을 해야 해요. 전에는 자주 웃던데."

무표정한 양우를 향해 의사가 웃으며 말했다.

바다를 처음 만났던 벤치에 앉아 우두커니 허공을 보는 양우의 곁으로 휴머노이드 로봇이 다가왔다. 전에 양우의 병실로 투입되었던 로봇과 같은 모델이었다. 금색 눈을 반짝거리며 양우의 앞에 서더니 무언가를 건넸다. 데이터 수집기였다. 몇 년 전, 다른 행성으로 이주하게 된 사람이 지하 도시에서 돌보던 동물을 자기가 떠난 후에도 누군가 돌봐주길 바라며 이 데이터 수집기를 사용하여 휴머노이드 로봇의 행동 양식을 형성한 걸 본 적이 있었다.

"해당 연도의 경험 데이터를 수집해서 구축률을 99.9%까지 확보하면 인격형 인공지능 스피커의 복구가 가능합니다."

양우가 금색 눈을 빤히 들여다보았다. 아무리 보고 있어도 눈이 마주친다는 느낌은 들지 않았다. 제 사정을 아는지, 바다를 아는지, 왜 이런 말을 해주는지 궁금했다. 데이터 수집기를 만지작거리며 뜸을 들이는데 반짝이는 금색 눈에 웃음기가 사라진 자신의 얼굴이 비쳤다. 그 순간 궁금증이 사라졌다. 이유는 중요하지 않았다. 중요한 건 방법이 생겼다는 거였다. 바다를 되찾을 수 있는 방법이.

*

출발 게이트를 향해 걸어가던 양우는 비행장 대기실에 있는 상점에서 바캉스 패키지를 구입했다. 옷과 신발 등 여행용 물품이 들어 있는 상품 세트였다. 며칠 사용해도 때가 타지 않고 몸의 청결을 유지해주는 기능성 제품이었다. 경험 데이터를 채우러 떠나야지, 생각하고 표를 사러 간 건 맞았는데 그게 바로 한 시간 뒤일 줄은 예상하지 못해 아무런 짐도 챙기지 못했다. 이렇게 겨를 없이 떠나게 될 줄은 몰랐으나 나쁘지 않았다. 어차피 방법은 하나였고, 바다의 말마따나 멈추지 않고 쭉 나아가면 됐다.

들어선 게이트의 긴 통로를 지나자 출발 준비를 마친 수송기가 나타났다. 비행 캡슐이 탑재된 수송기가 해당 시간 이동선에 도달하면 탑재된 캡슐을 분리하여 개별 운항하는 식이었다. 수송기에 탑재된 배정된 캡슐에 들어가 안전띠를 메고 주입구에 표를 밀어넣자 자동으로 안전문이 닫혔다. 자율주행 모드 알림창에 불이 들어오며 설정했던 도착 시간선이 떴다. 내부조명이 어두워졌고, 수면 가스가 분사됐다. 정신을 차려야지! 했던 양우의 눈이 까무룩 감겼다.

눈을 떴을 때 보이는 건 불빛이 하나 없는 컴컴한 캡슐 안이었다. 알림창은 꺼져 있었고 동력을 잃은 듯했다. 무슨 일이 일어났는지, 일어나지 않았는지 알 수 없었다. 가만히 눈동자만 굴리며 상황을 파악하던 양우는 조심스레 안전띠를 풀고 움직였다. 기체를 손으로 더듬으며 비상 손잡이를 찾았는데, 좀처럼 열리지 않아 주먹으로 내리쳤다. 어둠 속에서 손을 이리저리 뻗어 문을 찾은 양우가 가까스로 연 문밖으로 조심스레 발을 내디뎠다. 만약 아직도 비행장이라면 출발하지 않은 거겠구나 했는데, 눈에 보이는 풍경이 낯설었다. 빛이 없는 어둠 속에 나무가 우거져 있었다. 한 그루가 아니었다. 숱하게 있는 나무를 보며 양우는 헬멧의 유리를 손으로 문질러 닦았다. 뿌얘진 시야 너머로 바람이 불자 셀 수도 없이 많은 나뭇잎이 따라 흔들렸다. 나뭇잎 사이사이로 바람이 흘러가는 소리가 쏴아아, 하고 어둠을 울렸다. 어디선가 바다가 흉내내던 소리가 났다. 뭐라고 했더라. 귀뚜라미라고 했던가. 그런데 이게 이렇게 빛을 내며 나는 거였나. 숲의 허공을 부유하는 불빛을 보는데 왠지 모르게 벅차올랐다. 비탈길에 선 양우가 우두커니 하늘을 올려다보았다.

# 3장

러　　　브,
레　트　　로
섬　　　머

사인용 식탁을 둘러싸고 명원의 부친과 모친이 나란히 앉고 맞은편에 명원과 양우가 앉았다. 그리고 방에서 가져온 의자에 해준이 앉았다. 식사 분위기는 대체로 밝았다. 베란다에 대롱대롱 매달렸다가 구조된 부친이 그날 자신이 왜 그렇게 무모했는지 이유를 구구절절 설명했고, 양우는 사람 좋게 웃으며 간간이 고개를 끄덕였다.

"어머, 다행히도 음식이 입에 맞나보네. 꽃게탕 좀 더 줄까요?"

바닥을 드러낸 양우의 국그릇을 보며 모친이 말했다. 양우가 넙죽 그릇을 내밀며 네, 많이 주세요, 했다. 꽃게를 먹을 줄도 모르는 것 같은데 왜 더 달라고 하는지. 생각 외로 싹싹하게 구는 양우를 모두 마음에 들어 하는 눈치였으나 명원만 눈을 가늘게 뜨고 자신이 미래에서 왔다는 또라이를 곁눈질했다.

"엄마, 무슨 과일까지 깎아줘. 이제 그만 가라고 해."

명원이 과도를 들고 무화과를 반으로 써는 모친의 옆구리를 쿡 찔렀다.

"야, 저 친구 너무 괜찮다."

"아니, 이제 그만 가라고 하라니까."

"마음에 들어."

말이 안 통했다. 명원이 한숨을 내쉬며 뒤를 봤다. 해준과 함께 거실에 있던 양우가 보이지 않았다. 눈을 굴리며 좁은 집구석을 훑다가 제 방문이 열려 있는 걸 발견했다. 후다닥 걸음을 옮겨 방으로 가자 보이지 않던 양우가 책상 앞에서 무언가를 보고 있었는데, 색연필로 조잡하게 꾸며놓은 러브 장이었다. 명원이 잽싸게 노트를 뺏어 들었다.

"왜 남의 걸 맘대로 펼쳐서 봐?"

"여기 있길래."

명원이 서랍을 열어 노트를 던지듯 집어넣고는 쿵 소리가 나게 닫았다.

"여기서는 좋아하는 애한테 이런 걸 선물해? 받으면 좋아하기는 하고? 종이 낭비 같아."

"아, 진짜……."

명원이 눈을 모나게 뜨며 양우를 쏘아보았다. 이 러브장
으로 말할 것 같으면 명원이 중학생 때 랜선 친구를 좋아하
게 되면서 만든 것이었다. 아이디 ▶ⓒ명훈◀을 쓰는 서울에
사는 이명훈. 쪽지를 주고받다가 친해졌는데, 관심사가 비
슷했다. 언젠가 명훈을 만나게 되면 주어야지, 하는 생각으
로 시간이 날 때마다 꾸몄는데 주는 날에는 기약이 없었다.

"진짜 네가 미래에서 왔다고?"

양우가 고개를 한 번 끄덕였다.

"얼마나 먼 미래에서?"

"2107년."

"말도 안 돼. 어떻게?"

"어떻게 왔을 것 같은데?"

"어…… 우주선 타고?"

명원의 말에 양우가 엷은 미소를 보였다.

"비슷해. 그런 거 타고 왔어."

명원이 벌어진 입을 한 손으로 가렸다. 저녁 식사 전, 양우
가 소매를 걷어 찢어진 피부 사이로 비치는 기계를 보여주
지 않았더라면 믿지 않았을 말이었다. 그러나 은백색의 물
질을 봐버린 이상, 한 손으로 마우스를 박살 낸 괴력을 확인
한 이상 인정하지 않을 수가 없었다. 호두를 깐 것처럼 플라

스틱이 산산이 조각나고 마우스 볼만 남았다. 양우가 이것도 부숴? 했으나 명원이 말려 볼만 살아남았다.

"그런데 왜 여기로 왔어? 볼 것도 없는데. 나 같으면 1999년 12월 31일로 가서 새천년 카운트다운 보겠다."

"너는 못 봤어?"

양우는 명원이 말하는 게 무엇인지 정확히 알지 못했으나 대강 짐작하여 물었다.

"나는 텔레비전으로 봤지. 그날 리모컨 들고 채널 여기저기 돌리다가 엄청 혼났어."

싱겁게 웃는 양우를 보며 명원이 표정을 굳혔다. 순간 무방비 상태로 너무 편하게 대했다.

"그런데 내가 누나 아니야?"

"무슨 말이야?"

"내가 너보다 출생 연도가 더 빠르잖아."

"……."

황당한 전개에 양우가 입을 다물었다. 어떻게 여기서 출생 연도 따질 생각을 하는지.

"맞지?"

"내가 있는 시대에 넌 살아 있지도 않아. 여기저기 뒤져보면 유골로 발견될 수는 있겠다. 그런 너를 누나라고 부를 수 있을까."

"기분 나빠……."

"말이 그렇다는 거야."

명원이 입술을 비죽거리고는 침대에 걸터앉았다. 이제야 수상쩍었던 몇몇 장면들이 이해됐다. 처음 만났을 때 쓰고 있던 이상한 헬멧, 헬멧에 금이 가자 이성을 잃은 듯 흥분하던 모습 등.

"그때 그건 뭐였어? 수경이랑 안전봉, 막 이상한 거 들고 숲길에서 나왔을 때."

"내가 타고 온 비행 캡슐이 거기에 있어. 동력을 잃어서 고칠 수 있는지 보고 온 거야. 수경은 안구 보호, 안전봉은 투명덮개 두께 확인용. 사람들 눈에 띄면 안 된다는 금지 사항이 있어서 캡슐을 투명하게 만드는 덮개를 덮어놨거든."

"금지 사항이 있는데 이런 건 말해도 돼?"

"네가 들은 걸 보니 해도 되는 모양인데? 캔디가 가짜가 아니라면,"

"캔디?"

"그런 게 있어. 해서는 안 될 말을 하는 순간 터지는."

장난으로 한 말에 명원이 정색했다.

"야, 나 하나도 안 궁금해. 나한테 아무것도 알려주지 마."

단호한 말투에 양우가 피식 웃었다. 나노 로봇이 위험한 말은 걸러내서 괜찮다는 말을 할 수도 있었는데 굳이 하지 않았다.

"이제 내 말 믿어?"

"······뭐, 믿어야지."

"이걸 아는 사람은 너밖에 없어."

아무에게도 말하지 말라고 압박을 주는 건가. 명원은 걱정하지 말라는 듯 손을 휘저었다.

"걱정 마. 나 입 진짜 무거워. 아무한테도 말 안 해. 네 비밀 지켜줄게."

"나를 도와줄 수 있는 사람도 너밖에 없다는 소리야."

세차게 움직이던 명원의 손이 허공에서 멈췄다. 도움이라니. 무슨 소리인가 싶었다.

"무슨 말이야?"

"저번에 내가 말한 적 있지. 친구가 죽었다고. 사실 친구는 사람이 아니고 인공지능 스피커야. 말도 잘 통하고 재미있는 아이였는데 어느 순간 사라졌어. 설명하기가 좀 어려운데, 그 친구의 성격 데이터를 복원하려면 이곳에서 경험 데이터를 채워야해. 가이드북에 액티비티 추천 코스가 있는데 뭐가 뭔지 도통 모르겠더라고. 이곳에 온 지도 며칠이 지났는데 진전도 없고. 그래서 네가 좀 도와줬으면 좋겠어. 나를 아는 유일한 사람이잖아."

며칠 전에 전구를 갈았는데 안전기가 말썽인지 불빛이 잠시 깜빡거렸다. 고개를 들어 천장을 본 명원은 빛이 돌아왔을 때 시선을 내렸다. 저를 보고 있었던 듯 양우와 바로 눈이 마주쳤다. 밝은 백열등 빛에 양우의 주근깨가 유난히 도드라져 보였다.

"내가 뭘 도와주면 되는데?"

명원이 물었다. 경험 데이터를 채워야 한다고 하는데, 대체 그게 무엇인지 조금도 이해가 가지 않았다. 양우가 주머니에서 꼬깃꼬깃 접은 종이를 꺼내 펼쳤다. 책에서 찢은 듯했다. 액티비티 추천 코스라는 제목 아래 세 개의 활동이 나열되어 있었다.

"설마 이걸 같이 하자는 소리는 아니지?"

"나는 혼자고, 아무것도 모르잖아. 이곳에 사는 너의 도움이 필요해."

자신이 왜 미래에서 온 인간을 도와줘야 하는지 이해는 가지 않았으나, 도와달라고 부탁하는 일이 그리 어렵지 않았다. 양우가 빤히 명원을 쳐다보았다. 긍정의 대답을 기다리는 두 눈이 부담스럽게 반짝거렸다. 해야 할 이유도 없고,

아무나 할 수 있는 일이기도 했지만, 부탁을 받은 사람은 저 하나였다. 그 사실이 명원을 조금 들뜨게 했다.

"널 도와서 내가 얻는 건 뭔데?"

"뭘 얻고 싶은데?"

"나한테 네 물건 하나만 줘. 미래에서 가져온 거로."

"그거 가지고 뭐 하게?"

"그냥. 유행을 선도할 수 있잖아."

늘 물려받기만 하던 명원의 인생에서 제일 비싼 물건이 될지도 몰랐다. 생각만으로도 좋은지 명원이 싱긋 웃었다.

"그래."

양우의 답에 명원이 입꼬리를 올렸다.

"그런데 너 돈 없잖아. 이거 다 돈 드는 건데."

양우가 이번엔 다른 주머니에서 돈다발을 꺼냈다. 명원의 눈이 동그래졌다.

"이건 어디서 났어? 설마. 훔쳤냐?"

"올 때 환전해 온 거야."

"이렇게 많이?"

자세히 보니 전부 수표였다. 이러니 버스를 못 타지. 명원이 수표 한 장을 집었다.

"활동비는 이거면 돼,"

양우가 남은 돈을 주머니에 넣었다.

"명원아, 나와서 과일 먹어!"

문밖에서 모친의 목소리가 들렸다. 미래에서 온 인간에게 과일을 대접할 시간이었다.

*

쉬는 시간, 명원은 수영과 교실 뒤쪽에서 라면을 생으로 부숴 먹었다. 남은 수프는 머그잔에 털어 넣고 뜨거운 물을 부어 마치 코코아라도 마시는 것처럼 라면 국물을 홀짝홀짝 마셨다. 머그잔을 두 손으로 쥐고 후후, 국물을 식히던 명원이 고개를 돌리고 수영에게 물었다.

"수영아, 너 상대성이론에 대해 알아?"

"상, 뭐?"

"상대성이론. 그게 아니라면 중력이론."

"……."

독서실에서 공부 잘 하고 있나 싶어 힐끔 책상을 보면 지우개 똥이나 만들고 있던 애가 갑자기 이런 걸 묻다니. 수영은 뭔가 이상하다는 것을 느끼고 명원의 이마에 손을 얹었다.

"열은 안 나는데."

명원이 수영의 손을 밀어내며 장난하는 거 아니야, 하고 말했다.

"너 왜 그래. 우리 문과잖아. 갑자기 이과로 가고 싶어졌어?"

"아니, 그게 아니라…… 아무튼 알아 몰라?"

"알겠냐?"

그렇지. 모르지. 나도 잘 몰라.

"너 혹시 미래에서 사람이 올 수 있다고 생각해봤어?"

두 손으로 컵을 꼭 감싸쥔 명원이 창문 너머를 올려다보며 물었다. 명원이 평소와 다르게 이상한 소리를 해 수영은 미간을 좁히고 쓰레기통에 내다 버린 라면 봉투를 찾았다. 유통기한이 심각하게 지난 것을 먹은 건가 싶어서였다.

"그런 생각을 왜 해?"

"누가 그러더라고. 사이보그들이 지구로 여행을 온다고."

수영이 얼굴을 찌푸렸다.

"누가 그래?"

먼 곳에 시선을 두고 있던 명원이 고개를 돌려 수영을 보았다.

"아마 저 우주 어딘가를 넘어왔을 인간이."

잠시 침묵이 흘렀다. 명원은 모든 것에 초연한 사람처럼 표정이 잔잔한 반면 수영의 표정은 누가 돌이라도 던진 것처럼 파동이 일었다.

"장난이야."

돌연 웃음을 터트린 명원이 몸을 돌려 창문에 등을 댔다. 창문으로 햇살이 부서지며 들어왔다. 명원의 머리에서부터 어깨까지 사선으로 쏟아진 빛이 수영의 무릎에 닿았다.

"왜 이래 정말."

수영이 남은 국물을 쭉 들이켜 마시고 걸음을 돌렸다. 컵을 헹구기 위해 교실을 나서는 수영의 뒷모습을 보며 명원이 나지막한 목소리로 말했다.

"수영아, 너도 이미 만났어. 미래에서 온 인간에게 닭꼬치도 사줬어, 너……."

\*

나란히 선 명원과 양우는 가이드북에서 찢은 한 페이지로 눈길을 모았다. 액티비티 추천 코스의 첫번째를 살피는 명원의 표정이 사뭇 엄숙했다.

"네가 사는 곳에서는 이런 것도 액티비티라고 여행 상품에 끼워 팔아? 너 사기 당한 것 같아."

"그런 것 같기도 하네."

두 사람의 눈길이 정면에 있는 트럭으로 옮겨갔다. 눈에 잘 띄는 파란색 라보 트럭으로 적재함에 화구를 놓고 어묵과 떡볶이, 튀김 등을 파는 분식 트럭이었다. 옆으로 차가 쌩쌩 다니는데 트럭 앞에 옹기종기 서서 어묵을 먹는 사람들을 보며 양우는 불편한 기색을 내비쳤다. 명원은 그러거나 말거나 트럭 앞에 자리를 잡고 섰다.

"사장님, 떡볶이랑 순대 주세요. 떡볶이에 삶은 달걀 두 개 넣어주시고요. 아! 김말이 두 개도 같이 버무려주세요."

양우가 식욕이 완전히 떨어진 얼굴로 어정쩡하게 명원의 옆에 붙어 섰다.

"다른 거 먹으면 안 될까."

"이 종이 쪼가리에 나온 거 해야 한다며."

명원이 능숙하게 어묵 국물을 종이컵에 따라 양우에게 건넸다.

"나만 믿고 따라와."

"먹어도 되는 건 맞지?"

"먹고 맛있다고 울지나 마라."

맛있는데 왜 울어. 양우의 생각으로는 이해할 수 없는 말이었다. 양우가 이해하거나 말거나 명원은 장난처럼 휴지 한 장을 뽑아 양우의 손에 쥐어주었다. 눈물이 나면 닦으라고.

어묵 국물을 호로록 마시고 있을 때 주문한 떡볶이와 순대가 나왔다. 명원이 달걀을 반으로 갈라 노른자를 양념에 섞으며 으깼다. 이 트럭으로 말할 것 같으면 명원이 좋아하는 밀떡볶이를 파는 곳이었다. 얇고 기다란 밀떡으로 조리하는 곳이 여기밖에 없었다. 기다란 떡을 푹 찔러 입에 넣은 명원이 두 눈을 질끈 감고는 감탄했다. 콧노래까지 흥얼거렸다. 몇 개를 더 집어 먹다가 말없이 구경만 하는 양우를 흘긋했다.

"진짜 안 먹어? 이거 밀떡이라 완전 맛있는데."

너무 맛있어서 눈물이 나면 닦으라고 건네주었던 휴지를 양우가 명원의 입가를 닦아주는 데 썼다. 입술 구석구석 꼼꼼히 닦는 양우의 행동에 명원의 눈이 땡그래졌다. 명원의 시선은 양우의 눈에 양우의 시선은 떡볶이 양념이 지저분하게 묻은 명원의 입술에 닿았다.

"안 먹어봐도 알 거 같아. 되게 열심히 먹네."

"아니…… 왜 남의 입술을 막."

명원이 얼굴을 슬그머니 뒤로 뺐다. 그러곤 더 닦을 양념이 없도록 손등으로 입 주변을 문질러 닦았다. 투박한 손짓에 양우가 피식 웃었다. 뭔데. 왜 웃는데? 명원이 못마땅한 표정으로 시선을 돌렸다. 그러곤 떡과 어묵을 한 번에 찍어 입안에 욱여넣었다. 그런 명원의 옆에서 양우도 조심스럽게 떡볶이를 한입 먹었다.

"오, 먹을 만하네."

그 말에 대꾸해줄 법도 한데 명원은 양우를 쳐다보지도 않고 먹는데 집중했다. 주문을 하고 접시에 담겨져 나온 음식을 비우고 계산을 마치는 데에 채 십 분도 걸리지 않았다.

"가자. 두번째 코스로."

"먹으라며?"

명원이 종이컵을 손에 든 양우를 돌아보지도 않고 잔돈을 챙겨 걸음을 옮겼다.

액티비티 추천 코스의 두번째는 오락실이었다. 세번째가 노래방인 걸 감안하면 일타쌍피였다. 오락실 앞에서 걸음을 멈춘 양우가 심드렁한 얼굴로 간판을 올려다보았다.

"게임하는 곳이라고 하지 않았어? 이름이 왜 이래?"

양우의 옆에 선 명원이 비슷한 모양새로 고개를 올리고 간판을 보았다. 박종말 게임센터. 저번에 상륙한 태풍 때문에 네온사인의 간판 일부가 떨어져나갔는지 박의 비읍이 사라지고 없었다. 'ㅏ종말 게임센터'가 된 간판을 양우가 의심쩍은 눈빛으로 쳐다봤다.

"여기 오락실이 박종말 사장님 거야. 집안이 종자 돌림이

래. 여기에서 조금 더 가면 횟집이 하나 있는데 거기가 박종문 횟집이고, 거기서 조금 더 올라가면 종만 호프가 있어. 이상한 오락실 아니야. 들어가자."

명원이 문을 활짝 열자 안에서 흘러나오던 뽕뽕거리는 소리가 귓가를 가득 채웠다. 주위를 둘러보기 바쁜 양우와 달리 명원은 재빠르게 게임 기계를 지나쳐 안쪽으로 쭉 들어갔다. 구석에 놓인 세 개의 작은 노래방 부스가 보였다. 다행히 부스 한 개가 남아 있었다.

공중전화 부스보다 조금 더 큰 노래방 부스 안에는 뮤직비디오가 재생되고 있는 텔레비전과 노래방 기계, 마이크 두 개와 리모컨이 있었다. 명원이 오른쪽 의자에 앉자 양우가 자연스레 왼쪽 의자에 앉았다. 문을 닫고 보니 좁아 보이던 공간이 더 협소하게 느껴졌다.

낯선 표정으로 양우는 부스 구석구석을 둘러보았다. 벽은 붉은색이었고 텔레비전에서는 낯선 얼굴의 배우 두 명이 이별 연기를 펼치고 있었다. 명원의 뒤로 신곡 포스터가 붙어 있었다.

명원이 다리 위에 노래방 책을 펼치고 페이지를 넘겼다. 뭐가 묻은 건지 페이지를 넘길 때마다 코팅지 같은 게 쩍쩍 붙었다가 떨어지는 소리가 났다.

"그럼 저 먼저 한 곡 뽑겠습니다."

노래방 책을 덮은 명원이 동전을 넣고 번호를 눌렀다. 노래방에 올 때마다 명원의 첫 곡은 'My Love'였다. 이별 연기가 고조되고 있던 연인이 화면에서 사라지며 웨스트라이프가 등장했다. 가사를 덧씌우는 노란색과 함께 명원의 노래가 시작되었다.

"엔 엠프티 스트릿 앤 엠프티 하우스 어 호울 인사이드 마이 하아트."

얼굴을 찡그려 가며 열창하는 명원을 양우가 웃음기 어린 얼굴로 쳐다봤다. 붉고 어두운 작은 방 안에서 명원의 귀밑까지 짧게 내려온 단발머리가 찰랑거리며 흔들렸다. 진자운동을 하는 추처럼 머리를 움직이는 게 바쁘게 유리를 닦는 와이퍼 같아서 웃는 것 같기도 했다. 노래방 부스 벽에는 낙서가 들쑥날쑥한 크기로 도배되어 있었는데 '철수야 사랑해', '정민철 애인 구함', '칠 공주 포에버' 같은 문장들이 명원 너머에 있었다.

양우가 노래를 부르지 않은 탓에 명원 혼자 다섯 곡을 완창했다. 웨스트 라이프의 'My love'로 시작한 노래는 박완규의 '천년의 사랑'으로 끝이 났다. 대체 뭐가 그렇게 비통한 것인지, 양우는 노래를 부르는 명원에게 천년의 한이 담겨 있는 것 같다고 느꼈다.

"너는 진짜 한 곡도 안 불러?"

"내가 여기에서 부를 노래가 있겠어?"

"전통 계승이 잘 안 됐나보네. 어떻게 한 곡도 몰라. 노래
방 끝냈으니 이제 게임하자."

명원이 주변을 재빠르게 둘러보고는 오락 기계 앞에 자리
를 잡았다.

"양우야!"

명원이 손짓으로 양우를 불렀다. 수평이 맞지 않아 다리
가 흔들리는 의자에 앉은 양우에게 명원이 스틱을 가리키며
게임 방법을 설명했다. 대충 시작하면 아무 버튼이나 누르
라는 소리였다.

두 사람의 캐릭터 선정이 끝났다. 게임은 바로 시작되었
다. 'Round 1' 글자가 사라지자마자 명원이 노란 버튼을 연
타로 눌렀다. 스틱을 쥐고 현란하게 움직였다. 가만히 있다
가 명원의 캐릭터에게 두들겨 맞은 양우는 뒤늦게 스틱을
움직이며 발길질을 피했다.

"야, 너무한 거 아니야?"

"어퍼컷! 어퍼컷!"

양우가 뭐라고 하든가 말든가 명원은 콤보를 만들어내는

데 혈안이 되어 있었다. 그렇게 명원의 승리로 가는 줄 알았던 게임은 양우가 스틱을 부러트리며 중단되었다.

"아."

양우가 놀란 얼굴로 분리된 스틱을 보았고, 그보다 더 놀란 명원이 양우의 손을 제 손으로 감싸 숨기며 주변을 살폈다.

"어떡해."

완전 끊어진 스틱을 가져다댄다고 한들 다시 붙을 일이 없었다. 명원이 냅다 양우의 팔을 잡고 일어났다. 그러곤 아직 끝나지 않은 게임을 내버려두고 오락실을 벗어났다. 명원은 오락실에서 최대한 멀어질 때까지 양우의 팔을 잡고 달렸다. 분명 팔을 잡고 있었는데, 육교 앞에서 숨을 고르며 보니 어느새 손을 꼭 잡고 있어 화들짝 놀라 났다.

"그런데 그건 무슨 노래였어? 네가 제일 처음에 부른 곡."

"마이 러브라고, 짱 유명한 곡인데. 잠깐만."

명원이 육교 계단에 앉아 가방을 뒤졌다.

"엇, 있다!"

명원이 무언가를 손에 들고 흔들었다. 부클릿이 끼워진 네모난 플라스틱으로, 웨스트 라이프의 정규 2집 앨범이었다. 만족스러운 듯 웃으며 명원은 플레이어에 시디를 넣었다. 그러고는 연결되어 있는 헤드폰을 양우에게 건넸다.

"뭐야?"

"아까 내가 부른 노래. 들어봐."

헤드폰을 어색해하는 양우를 대신해서 명원이 직접 씌워 주었다. 그러곤 재생 버튼을 누르자 플레이어 안에서 시디가 돌아갔다. 명원은 여전히 바깥 소음 속에 있었고, 양우는 한국인이 가장 사랑한다는 팝 안에 있었다. '엔 엠프티 스트릿 앤 엠프티 하우스 어 호울 인사이드 마이 하아트'하고 명원이 구수하게 뽑아내던 가락이 헤드폰에서 흘러나왔다. 양우는 눈을 느리게 깜박였다. 멀뚱멀뚱 저를 응시하는 명원이 보였다.

짙은 초록색으로 점철된 나뭇잎이 무성하게 흔들리는 모습이, 그 너머로 보랏빛이 되어가는 하늘이, 그리고 그 아래에서 저를 지켜보는 명원이 눈에 담겼다. 낯설면서도 익숙한 것 같은 노래가 가랑비처럼 양우를 적셨다. 먹먹하던 귀를 뚫고 흘러드는 노래 때문인지, 이 세상에서 혼자만 듣고 있는 소리 때문인지 묘하게 이 순간 속의 자신이 이질적으로 느껴졌다. 그런 느낌 속에서 눈을 마주하는 명원을 보고 있자니 모든 순간을 함께하던 바다가 떠올랐다.

"이상해……."

양우가 그렇게 말한 건, 그런 기분 때문이었다. 가만히 어

느 구절을 듣고 있을지 모르는 양우를 보고 있던 명원이 눈
썹을 찌푸렸다.

"이상하다고? 어느 시대에 들어도 감성을 뒤흔들 노래인데."

명원이 못마땅한 표정을 지으며 헤드폰을 뺏어갔다. 그러
더니 돌아가던 음반을 정지시키고 그대로 가방에 집어넣었
다. 잠시 멀어져 있던 바깥 소음이 벽을 걷어낸 무대처럼 다
시 양우에게로 밀려들었다. 가방 지퍼를 잠그고 일어서는
명원의 모습을 양우는 멀거니 바라보았다. 따라가야 하는
데, 헤드폰 스펀지가 닿았던 귀의 감각이 이상했다. 고개를
살짝 숙인 채 귓바퀴를 만지작거렸다.

*

"와, 엄청 채워졌어."

명원을 아파트 정문 앞까지 데려다주고 돌아가는 길, 양
우는 데이터 수집기를 보고 놀란 얼굴을 했다. 전에 채워진
퍼센티지를 우습게 넘겨버리는 기록 경신이었다.

데이터 수집기의 퍼센티지에 처음으로 변동이 생긴 건 명
원이 자전거를 도로 찾아갔을 때였다. 금이 간 헬멧 수리를
맡기고 위기관리 센터를 나선 양우는 명원이 의리도 없이

가버렸다는 사실에 헛웃음을 짓고는 무의식적으로 데이터 수집기를 확인했다. 그런데 놀랍게도 퍼센티지가 채워져 있었다. 이곳에 도착해서 아무리 걷고 뛰고 굴러도 변동이 없어 고장 난 게 아닌가 걱정이 되던 참이었는데, 정상 작동하는 것을 확인한 셈이었다. 전과 달랐던 점이 뭐더라 생각하던 양우의 머릿속으로 저를 여기 두고 가버린 명원의 얼굴이 스쳤다. 그때 목표 달성을 위해 어떻게 해서든 명원의 도움을 받아야 한다는 생각이 들었다. 그런데 생각 외로 명원이 매섭고 차갑게 굴어 도움을 받는 게 쉽지 않았고, 위기관리 센터에서도 뜻밖의 어려운 일을 겪은 여행자만 응대하지 개인적인 어려움은 응대하지 않는다며 도움을 줄 수 없다고 했다. 인터넷으로 방법을 찾아보라며 센터장이 피시방을 안내해주었을 때까지만 해도 양우는 데이터 수집하는 것을 반은 포기한 상태였다. 그런데 그곳에서 다시 명원을 만났다. 아무리 생각해도 데이터를 채울 방법이 명원뿐이었다. 공생하자는 명원의 말은 양우에게 단비와도 같았다. 버스에 앉아 데이터 수집기를 확인하자 퍼센티지가 또 채워져 있었다. 명원의 공생은 그 버스에서 끝났을지 모르지만, 양우는 아니었다. 명원과 함께 있어야 바다를 되찾을 수 있었다.

"노래는 기명원이 혼자 다 불렀는데."

제가 한 거라고는 게임기를 조작하다 스틱을 부러트린 것뿐이었다. 그러다 또 손을 잡고 달렸지. 그 힘이 강력한가? 양우는 명원이 잡았던 손을 응시했다. 항상 왼손을 뻗는 명원 때문에 맞잡은 손이 매번 오른쪽이었다.

"흐음……."

건널목 앞에서 신호를 기다리며 나무 그늘에 섰다. 신호등에 몸을 기대고 왼손으로 오른손의 손가락 끝을 하나씩 만져보았다. 말랑한 살덩이, 단단한 손톱. 손가락이 엇갈리게 깍지를 껴서 잡고 고개를 뒤로 젖혀 하늘을 보았다. 시야에 지는 해를 등진 나뭇잎이 담겼다. 고개를 이리저리 느리게 움직이자 나뭇잎 사이로 가로등 불빛이 부서졌다가 사라진다.

신호등의 불빛이 빨간색에서 초록색으로 바뀌자 사람들이 멈추었던 발을 뗐다. 양우는 신호등에 몸을 기댄 채 걸어온 길을 돌아보았다.

"손잡아서 채워지는 거면, 오늘 끝내버릴 수 있는 거 아니야?"

가설일 뿐이지만 확인하면 되는 것이었고, 가설이 사실이라면 오래 두고 볼 필요도 없었다. 여기에서 해야 하는 일이라고는 경험 데이터를 채우는 일 뿐이고, 그 일은 명원이 있을 때 진전이 있었다. 양우가 신호등 기둥에서 몸을 뗐다. 걸음을 명원의 집 쪽으로 돌렸다.

아파트 정문에 다다랐을 때 양우는 자신이 있는 방향으로 달려오는 명원을 발견했다. 분명 이 지점에서 헤어졌는데, 조금 전 헤어진 두 사람이 동시에 같은 곳에서 다시 만나는 게 조금 신기했다. 반가운 마음에 손을 흔드는데 명원이 양우를 본체만체하며 손을 뻗었다. 그게 인사인 줄 알았는데, 택시를 잡는 다급한 손짓이었다.

명원이 택시 뒷좌석에 몸을 실었다. 자연스레 따라 타는 양우를 명원이 이해할 수 없다는 얼굴로 쳐다보았다.

"뭐야? 너는 왜 타?"

"너 만나러 왔는데."

"지금 안 돼. 나 갈 데 있어."

"같이 가."

뭐 이런 무대포가 다 있나. 헛숨을 뱉은 명원이 발을 동동 구르며 고개를 돌리고 기사에게 목적지를 설명했다.

"영한고 가주세요."

명원의 말에 택시 기사가 흘긋 뒤를 봤다.

"문 안 닫아요?"

택시 기사의 시선이 향한 쪽을 보니 양우가 탄 쪽의 차 문이 열려 있다.

"문 닫아."

"어?"

어리버리하게 묻는 양우를 밀어낸 명원이 손을 뻗어 대신 문을 닫았다. 갓길에 정차했던 차가 출발하자 손부채질을 하던 명원이 창문을 열고 머리를 기울였다. 바람에 머리카락이 나풀거리며 낯선 명원의 향기가 훅 끼쳤다.

"왜. 방금 헤어졌잖아. 또 무슨 부탁을 하려고?"

흘러내릴 듯이 시트에 몸을 기댄 명원이 창밖을 쳐다보며 물었다.

"부탁은 아니고, 확인할 게 좀 있어서."

"뭔데?"

"손 좀 줘봐."

축 늘어져 있던 명원이 고개를 돌리고 양우가 내민 손과 그의 얼굴을 번갈아 보았다.

"뭘 확인하는데 손을 달래?"

"손잡을 때 경험 데이터가 채워지는 것 같아."

황당한 소리에 명원이 미간을 찌푸렸다. 들을 가치도 없다는 듯이 고개를 돌리고 눈을 감았다. 제 손을 함부로 잡지 못하게 팔짱까지 껴서 겨드랑이에 꽁꽁 숨겼다. 저만치 터널이 보였다. 창문을 올리기 위해 녕원이 건드렸던 버튼을 향해 손을 뻗었다가 번득 눈꺼풀을 올린 명원과 지척에서 눈이 마주쳤다.

"아, 창문……."

올리려고 한다는 말을 명원은 끝까지 듣지도 않았다. 팔짱을 낀 채 그대로 머리를 날려 양우에게 박치기했다.

"악!"

외마디 비명이 터졌다. 양우가 이마를 싹싹 문지르며 야속하다는 눈빛을 보냈다.

*

택시가 멈춘 곳은 왕수동에서 한참 떨어진 동네에 있는 한 고등학교였다. 주말이라 교문이 닫혀 있었다. 명원은 교문 앞에서 머리를 이리저리 내밀며 아무도 없는 운동장을 살피기 바빴다.

"뭐야. 아무도 없는데?"

명원이 주머니에서 핸드폰을 꺼내 받은 메시지를 재차 확인했다. 영한고등학교에서 유명 연예인이 게릴라로 깜짝 콘서트를 연다는 메시지를 받은 게 시작이었다. '수영아,

이거 진짜야?' 메시지를 보낸 당사자에게 전화해 물었더니 '진짜 같아, 다른 애들도 다 갔대!'라고 해서 부랴부랴 택시비를 챙겨 나왔다. '명원아, 나는 엄마 때문에 집에서 못 나가. 너라도 꼭 보고 후기 들려줘!' 그렇게 사명감을 가지고 출발했는데, 도착한 장소에 와보니 연예인은커녕 운동장에 돌아다니는 사람이 한 명도 없었다. 작년에 종영한 프로그램이 말도 없이 부활했나 했더니, 부활은 무슨. 거짓 소문에 이 먼 곳까지 날아오며 택시비만 장렬하게 전사했다.

"분명 여덟시에 한다고 했는데……."

두 손으로 대문을 잡고 까치발로 낑낑거리다가 포기하고 뒤꿈치를 내렸다. 한숨을 뱉으며 돌아서자 두 손을 바지 주머니에 찔러 넣은 양우가 멀뚱히 명원을 쳐다보고 있다.

"계획이 어그러진 모양이네."

"……."

명원이 힘없이 교문을 등지고 걸었다.

"왜 온 건데? 여기는."

"말할 수 없어."

"왜?"

"그것도 말할 수 없어."

기계적인 대답에 양우가 피식 웃었다.

"자, 손."

고개를 푹 숙이고 바닥을 보며 걷는 명원의 앞으로 불쑥 양우의 손이 밀려나왔다.

"뭐야?"

"내 손잡으라고."

마치 제 손을 잡으면 힘이 날 것이라는 듯, 선심을 쓰는 말투였다.

"수작 부리지 마라. 손잡는다고 데이터 채워지는 게 어디 있어? 말이 되는 소리를 해."

"수치가 그렇다니까. 기계는 거짓말 안 해."

"고장났나보지."

"아니라니까."

창과 방패 같았다. 그렇게 두 사람이 서로를 마주보고 있는 사이로 툭, 빗방울이 떨어졌다. 먼저 이마에 빗방울을 맞은 명원이 엇, 하며 머리 위를 올려다보았다.

"비 올 것 같아."

명원이 말했다. 그리고 마치 그 말에 주문이라도 걸린 듯 비가 쏟아지기 시작했다.

"아, 망했다!"

준비할 틈도 없이 퍼붓는 소나기에 명원이 냅다 달리기

시작했다. 영문도 모른 채 양우도 그 뒤를 따랐다. 순식간에 땅이 젖어 달음박질에 첨벙첨벙 물이 튀었다. 뻥 뚫린 하늘을 피해 발을 멈춘 곳은 근린공원 초입에 있는 사각 정자였다. 머리 위에 올리고 있던 두 손을 내려 젖은 옷을 탈탈 터는 명원을 옆에 선 양우가 가만히 쳐다보았고 그러다 저도 어깨를 털며 명원의 행동을 따라 했다.

"으아, 다 젖었어. 이게 무슨 일이야, 진짜."

명원이 우는 소리를 내며 옆에 선 양우를 보았다. 무슨 이유에서인지 저보다 더 젖은 양우의 모양새를 위에서 아래로 훑어보고는 한숨을 푹 내쉬었다. 그러곤 답이 없다는 듯 정자에 앉았다. 가까이 붙어 앉은 양우를 돌아본 명원이 그의 어깨를 밀어내며 끝에 있는 기둥을 눈짓했다.

"좀 떨어져서 앉아. 습하고 더운데 붙어 있으면 맞는 수가 있어."

"너는 참, 사람 때린다는 말을 쉽게 하더라."

무표정한 얼굴로 고개를 절레절레 저은 양우가 기둥 가까이 자리를 옮겨 앉았다.

"내가 언제? 그런 말을 한 적이 없는데."

"있어. 위협적일 때가 한두 번이 아니었어."

"거짓말. 로봇 팔을 가지고 계신 분이 저한테 위협을 느낄 것 같지는 않은데요. 솔직히 안 무섭잖아. 가만 보면 너는 마음에도 없는 소리 잘하더라. 먼 미래에도 빈말은 사라지지 않나봐."

그렇게 말한 명원은 몸 뒤로 두 손을 뻗어 정자를 짚고 상체를 기울였다. 고개를 젖힌 채 두 발을 물장구치듯 흔들다가 느껴지는 시선에 고개를 돌리자 양우가 물끄러미 저를 보고 있었다.

"왜?"

명원이 물었다. 얼마간 말없이 쳐다만 보던 양우는 "그냥." 하는 시시한 답을 뱉고 시선을 돌렸다. 비 내리는 소리가 크고 힘찼다. 멍하니 허공을 쳐다보던 양우는 손을 앞으로 뻗어 비를 맞았다. 움푹 파인 손금을 타고 모인 빗물이 쏟아붓는 비에 넘쳐흘렀다.

"기후 위기로 미래에는 가뭄이 심해진다는데. 설마 비 내리는 거 처음 봐?"

"그런 것도 배워? 가르치고 배웠는데도 땅이 메마른 걸 보니 자정이 없었나봐. 비가 아주 안 오지는 않아. 딱 며칠 내리는데 강수량이 어마어마해서 문제지."

"와, 그렇구나. 네가 사는 곳은 어때. 좋아? 누워만 있어도 알아서 씻겨주는 침대가 있을 것 같아."

"그런게 있으면 좋은 건가? 글쎄, 난 여기가 더 좋은 것 같은데. 내가 사는 곳은 가끔 숨막히게 고요해."

숨막히는 고요함이라니, 상상하던 미래와는 거리가 있는 설명이었다. 명원은 무슨 말을 하려고 입술을 달싹이다가 결국 아무런 말도 하지 못하고 말아 물었다. 종종 양우를 보면 비상구 계단에서 보았던 스파크가 도깨비불처럼 어른거렸다. 그럴 때마다 양우의 존재가 신기했고, 새삼스레 무섭기도 했다. 그런데 불쑥 신기하고 무서운 건 양우가 아니라 그가 사는 세계라는 생각이 들었고, 그런 세계에서 온 양우가 제 또래라는 사실에 마음이 조금 어수선해졌다.

"처음이야."

양우의 말에 정자 밖으로 나간 손을 빤히 보던 명원이 양우에게로 시선을 옮겼다.

"뭐가?"

"지금, 이 순간의 모든 것."

비에 젖은 손바닥에 고정되어 있던 양우의 시선이 명원을 향했다. 눈이 마주쳤고, 무어라 묻기 위해 입술을 떼는 순간 하늘이 번쩍이더니 천둥소리가 무섭게 울렸다. 하늘을 찢는 것 같은 소리에 명원이 화들짝 놀라 소리를 지르며 양우의 옆으로 성큼 다가갔다.

"간 떨어지는 줄!"

두 손으로 귀를 막은 명원이 하늘을 살폈다. 세상을 통째로 뒤흔드는 것 같은 소리에 가슴이 벌렁거렸다. 또 어디서 번개가 치지는 않는지, 휙휙 동서남북을 살피는데 바로 앞에서 저를 무표정한 얼굴로 바라보는 양우가 눈에 들어왔다. 어쩐지 바라보는 시선이 냉한 것 같다고 생각하는 순간.

"습하고 더운데 붙어 있으면 뭐라고?"

부메랑처럼 조금 전에 뱉은 말이 돌아왔다.

"아……."

"가. 저쪽으로."

양우가 명원이 앉아 있던 자리의 정자 기둥을 눈짓했다. 천둥에 놀라는 자신을 양우가 은근히 한심하게 보는 것처럼 느껴져 명원은 자존심이 상했고, 또 천둥이 치지 않을까 무서웠으나 버티고 있을 수 없어 엉덩이를 뗐다. 자리로 돌아가려는데 가기도 전에 또 천둥이 쳤다. 무겁게 울리는 하늘에 명원이 으악! 소리를 지르며 양우의 옆에 바짝 붙어 앉았다. 쿵, 쿵, 콰르릉, 콰콰쾅. 천둥이 아니라 어디서 포탄이 터지고 있는 것은 아닐까? 의구심이 드는 소리였다. 저도 모르게 두 눈을 질끈 감은 명원은 이내 느껴지는 낯선 감각에 눈꺼풀을 올렸다. 양우의 두 손이 자신의 귀를 덮고 있었다. 그러니까, 양우보다 한 박자 늦은 명원의 손이 양우의 손등 위에 겹쳐친 모양새가 된 것이다. 휘둥그레 커진 눈을 보고 양우가 싱거운 웃음을 지었다.

"네가 잡았다."

손으로 귀를 막고 있어 그런가, 어디선가 엄정화 노래가 들리는 듯했다. 몰라, 알 수가 없어. 환청인 줄 알았는데 진짜였다. 비가 쏟아지는 이 밤에 나이트클럽 홍보 차량이 빗소리에 묻히든 말든 노래를 크게 틀며 지나갔다. 쿵쾅거리던 노랫소리가 멀어지고, 거세게 부는 바람에 휘어진 빗줄기가 정자 안쪽으로 들이쳤다. 쇄아아, 들이퍼붓는 빗속에서 흙먼지 냄새가 코를 가득 채웠다.

아, 빨리 집에 가고 싶다. 그런데 너무 멀리 와버렸어. 번개로 하늘이 다시 반짝였고, 곧 울릴 천둥을 대비해 명원은 두 눈을 질끈 감았다. 느슨하게 귀를 덮고 있던 양우의 손에 힘이 조금 들어가며 틈을 꽉 메웠다. 손이 커서 그런가. 손목으로 이어지는 손바닥 밑이 볼을 감쌌다. 어쩐지 제 얼굴이 우스꽝스러울 것 같아 눈을 뜨고 싶지 않았다. 천둥을 기다리는 그 짧은 새 별별 생각을 다 하는 명원이었다. 놀란 가슴이 계속해서 쿵쿵 뛰었다.

*

어제 하루는 정말 이상했다.

오락실에서 진짜 놀랍고도 웃긴 일이 있었는데, 혹시라도 사장님이 보고 어! 이 녀석들이구나! 하며 댓글을 달고 신고를 할까봐 적지는 못하겠다.

사장님께는 정말 죄송하지만 당황해서 그대로 오락실을 탈주했다. 왜 자꾸 이 녀석이랑만 있으면 달려야 할 일이 생기는지 모르겠다.

내가 동전 노래방에서 혼자 다섯 곡을 불렀는데 그중 처음 부른 곡이 좋다고 하더라. 마침! 이게 무슨 일인지! 신기하게도 가방에 앨범이 있어서 들려줬는데 이상하다고 하는 거다. 이상하다고? 내가 부른 곡은 좋고, 오빠들이 부른 곡은 이상해? 그게 더 이상했다. 귀가 어떻게 된 것이 틀림없다.

내가 개랑 논 것도 오락실 해프닝도 다 이상했지만 어제 제일 이상했던 건 거짓 문자에 먼 동네까지 택시를 타고 날아간 나와 그런 나를 따라온 그 녀석과 갑자기 천둥번개를 동반하며 쏟아진 소나기였다.


컴퓨터 앞에 앉은 명원이 마침표 뒤에서 깜빡거리는 커서를 따라 눈을 깜박였다.

"아, 그러고 보니 그때 시디플레이어 빌려준다 말하고 안

줬네. 수영이가 준 앨범은 가져갔는데. 그거 듣기는 했나?"

블로그에 글을 쓰다 말고 갑자기 든 생각에 키보드에서 손을 거두고 미간을 긁적였다. 어디 뒀더라? 의자에 등을 기대고 있던 명원이 상체를 숙이고 마지막 서랍을 열었다.

"여기에 없으면 모르는데……."

손으로만 더듬거리다가 서랍 속의 물건을 하나씩 꺼냈다. 초등학교 때 쓰던 다이어리부터, 버려야 하는데 뭔가 미련이 남아 버리지 못한 것들이 마구잡이로 뒤섞여 있었다. 기해준 방에 있나? 하고 생각하는 순간 벌컥 방문이 열렸다. 양반은 못 되는 듯 문고리를 잡고 서 있는 건 해준이다.

"누나, 나 컴퓨터 좀 쓰자."

"왜?"

"민수랑 게임에서 만나기로 했는데 내꺼 모니터가 자꾸 노래져."

자고로 첫째 기명준이 쓰는 물건은 둘째 명원을 거쳐 셋째 해준에게 대물림되는 법이다. 삼 남매 시스템이 그랬다. 전자 기기, 자전거, 가방, 책. 아직 쓸 만하다 싶은 것은 무조건 명원에게 왔다. 명원이 쓰고도 살아남아 있다면 그건 해준의 것이었다. 축구 유망주라고 해서 예외는 아니었다. 명준이 집에 두고 간 새 컴퓨터는 셋째인 해준에게 먼 이야기였다. 컴퓨터가 두 대라는 이유로 부모님이 새 컴퓨터를 사주지 않아 해준은 어느 날 제 컴퓨터가 폭발해버리기를 간절히 바라며 본체를 발로 차고는 했지만 위이잉, 하고 더 시끄럽게 울면서 돌아가기만 할 뿐 고장 나지 않았다.

"잠깐만, 블로그 글만 올리고."

자리에서 일어난 명원이 마우스를 잡고 게시글을 등록했다.

"야, 혹시 너한테 내 시디플레이어 있어?"

명원의 말에 의자 뒤에 서서 기다리던 해준이 싹 표정을 바꾸며 눈을 흡떴다.

"혹시라니? 방학 때 누나가 나 가지라고 줬잖아. 그럼 이제 내 거지."

"아, 어. 아무튼 있어?"

"있어. 왜. 다시 주라고? 친구들 다 엠피스리 하나씩 장만하는 사이에서 나 홀로 시디플레이어 들고 다니는 것도 눈물겨운데, 그것마저 뺏어가려고?"

"운동하느라 바빠서 잘 듣지도 않잖아."

"들어. 듣는다고."

이것은 오기다. 대물림으로 쓰던 물건을 받은 것도 억울한데, 그마저 소유권이 없다고 생각하면 너무 서러우니까.

그 마음을 어느 정도 이해하는 명원이 쩝, 입맛을 다시고는 자리를 비켜주었다. 엠피스리가 없는 것은 명원도 마찬가지였지만, 딱히 그 물건이 탐나지 않았다. 음악을 파일로 다운로드 받아서 기계에 넣어 듣는다니. 편리할 순 있겠으나 흥미롭지 않았다. 좋아하는 가수의 신보를 사러 달려가는 길이 얼마나 설레고 신이 나는데. 앨범 부클릿을 펼쳐 가사를 읽는 재미도 상당했다.

방에 해준을 남겨두고 거실로 나온 명원은 베란다 앞에 서서 하늘을 올려다보았다. 아까 보았을 때만 해도 노을로 붉던 사위가 어느새 어둑해졌다.

"양우는 지금 어디서 무얼 하려나."

문득 궁금해진 안부를 물으며 방충망을 열고 선명해진 하늘을 올려다보았다. 별 하나가 유난히 밝게 빛났다. 지구의 대기 너머로 나아간 우주에서는 지금 본 모든 게 지나간 순간일 텐데, 하늘에서 뚝 떨어진 양우가 온 미래는 대체 어디에 있을지 궁금했다. 아직 다가오지 않은, 만들어지지도 않은 시간으로는 어떻게 돌아가는 건가. 돌아갈 수는 있나? 밝게 빛나는 별을 응시하다가 돌아가지 못하고 영원히 이곳에 남게 될 양우를 상상하자 흠칫 몸이 떨렸다. 아, 그렇게 되면 나한테 눌어붙을 것 같은데? 버스비 없다고 태연히 말하던 표정으로 명원아, 니 갈 곳이 없어, 하는 양우를 떠올렸다. 명원이 고개를 절레절레 흔들며 방충망을 닫았다. 생각하고 싶지 않은 미래였다.

*

일주일 동안 많은 일이 있었다. 이곳에서의 경험으로 데이터가 수집된다는 걸 이해하게 된 명원은 양우가 가져온 가이드북의 액티비티 추천 코스 외에도 여기저기 양우를 데리고 갔다. 수영의 불만 가득한 잔소리에도 불구하고 야간 자율 학습을 상습적으로 빠지며 매일 새로운 무엇을 하기 위해 노력했다. 그즈음 데이터 수집기가 채워지는 속도가 더뎠다. 명원은 이 일을 빨리 해내고 싶었다.

근린공원에서 철봉 매달리기 시합을 했다가 강철 팔을 가진 양우에게 완전히 패했고, 철봉 하나가 두 동강이 나버려서 또 도망가야 했다. 양우를 만날 때마다 명원은 너 여기 알아? 이거 알아? 같은 질문을 습관적으로 했고 양우가 모른다고 대답한 것은 대부분 경험하려고 했다. 만화방에 가서 라면을 먹고 만화책을 읽으며 시간을 보내고, 걸어가다 우연히 맞닥뜨린 에어로빅 대열에 합류해 몸을 움직이기도

했다. '헛둘 헛둘 아뵤!' 같은 이해할 수 없는 기합을 넣는 명원을 얼마간 보던 양우는 도망갔는데, 명원은 도망간 양우를 잡아와 한 곡을 끝마치게 했다. 놀이터에 돗자리를 깔고 누워 별자리를 알려주고 이런 하늘은 처음 본다는 양우에게 이 시간을 더 근사하게 만들어주고자 리코더를 불어줬다. 숙제를 안 한 죄로 받은 열 장의 영어 단어 필사를 양우에게 모조리 넘겼다가 수가 들통이 나 다섯 장씩 나누어서 했고 영화관을 모르는 양우를 데리고 시내로 나가 관람객이 가장 많은 시간에 최근 개봉한 영화를 봤다. 길에서 파는 땅콩 과자를 사서 나누어 먹고 지하상가를 구경하고 나와 초등학교 앞에 있는 트램펄린을 탔다. 그렇게 양우의 경험 데이터를 채우는 데 열과 성을 다하는 사이 모의고사 날이 되었다.

언어 영역과 수리 영역이 끝나고 점심시간이 되었을 때 명원은 심히 무언가 잘못되었음을 직감했다. 마음 편히 밥을 먹을 수 없어 뒤늦게 급식실에 앉아 숙어를 달달 외웠는데, 그런 명원을 보며 수영은 그렇게 혼자서 동에 번쩍 서에 번쩍 사라지더니 이런 벼락치기가 무슨 소용이 있냐며 나무랐다. 4교시가 끝나고 반 아이들과 모여 가채점을 하는데 글쎄 명원의 시험지에 폭우가 쏟아졌다.

"무슨 일이야."

수영이 묻고, 명원은 멍하니 그 말을 따라 했다.

"내 말이. 이게 진짜 무슨 일이야."

믿을 수 없는 결과였다. 심지어 쉽지 않았냐는 친구들의 말이 명원을 더 상심하게 만들었다. 몇 달 논 것도 아니고 며칠 놀았을 뿐인데 이런다고? 축 처진 어깨에 좀처럼 힘이 들어가지 않았다. 수영이 힘내라며 어깨를 툭 치자 힘없이 앞으로 밀려났다. 앞으로 밀려난 김에 책상에 엎드려 마른 얼굴로 우는 소리를 냈다.

"흐엉…… 안 돼."

최근의 좋았던 순간들이 시험지를 채점한 빗금에 맞아 와장창 깨졌다.


터덜터덜, 비가 내린 시험지를 가지고 돌아간 집 현관에서 명원은 명준의 운동화를 발견했다.

"오빠 왔어?"

신발을 벗고 들어가는데 안방에서 나온 명준이 조심스레 방문을 닫으며 명원을 봤다. 보는 표정이 좋지 않았다.

"너 잠깐 와봐."

명준이 부엌을 눈짓하며 말했다. 가방을 벗으며 식탁 의자에 앉은 명원은 의구심이 가득한 얼굴로 맞은편에 앉은 명준을 보았다.

"개강하지 않았어? 무슨 일이야?"

"너 요즘 대체 뭐 하고 다녀?"

내심 반가워 묻는 명원의 말을 무시하며 명준이 묻는다.

"뭘 하고 다니냐니? 학생이 학교 다니지, 뭘 해."

"뭘 하는데 집에 일찍 안 들어오냐는 소리야."

무슨 일인지는 몰라도 다짜고짜 꾸짖는 모양새에 명원의 마음이 상했다.

"일찍? 학교가 늦게 끝나잖아. 오늘은 모의고사라서 일찍 끝난 거고."

엄마는 공부 안 하고 집에 빨리 온다고 뭐라고 하더니, 오빠는 왜 또 집에 일찍 안 들어오냐고 뭐라 하는 거야. 명원이 뒤틀린 심기처럼 표정을 일그러트렸다.

"요즘 계속 야자도 빠지고 집에 간다며."

어, 그걸 명준이 어떻게 알지? 막 마음이 상했던 명원의 회로가 꼬이며 난관을 맞았다.

"학교 선생님이 엄마한테 연락했대."

"……언제?"

"그게 중요해? 뭘 하고 다니는 거냐고, 요즘. 나쁜 친구들이랑 어울려? 뒤늦게 사춘기라도 왔어?"

"아니야. 그냥, 일이 있어서 며칠만 빠진 거야. 계속 빠진 것도 아니라고. 그런데 오빠는 갑자기 왜 집에 와서 나 야자 빠진 걸로 화를 내?"

"너 엄마 아픈 거 몰랐어?"

명원의 심장이 크게 뛰었다.

"엄마가 아파?"

요즘 영화나 드라마에서 볼 법한 일들이 제게 일어나는 게 신기하다 했더니, 갑자기 병을 얻은 엄마의 건강이 악화되는 새드 엔딩 같은 영화? 결국 거기까지 가는 건가. 명준의 말에 의하면 모친은 오늘 갑자기 쓰러졌다. 정신을 잃었다가 눈을 떴을 땐 모친을 발견한 직장 동료가 핸드폰 연락처에서 부친과 장남 명준을 찾아 전화를 한 후였다. 부친이 한달음에 달려왔고, 전화를 받은 이상 가만히 있을 수 없던 명준도 고속버스를 타고 내려왔다. 의사는 검사 결과 이상 소견은 없으나 의식을 잃었던 시간이 조금 길었던 것이 걱정스럽다고 했다. 쓰러질 때 머리를 찧어 두피가 조금 찢어졌고 다행히 뇌출혈은 없어 상처를 봉합 후 퇴원했단다.

"기립성 저혈압? 약을 먹어야 하는 거야?"

"아니. 그 정도는 아니래."

명원이 자리에서 일어나 뒤를 돌자 명준이 앉으라며 손목을 잡았다.

"주무셔. 내내 관심도 없다가 이제 들여다볼 마음이 생겨?"

냉정하게 뱉는 말에 명원이 뾰족한 눈으로 명준을 보았다.

"드문드문 어지러울 때가 있으셨다던데, 너는 한집에 살면서 그것도 몰랐어?"

문득 개킨 빨래를 들고 일어난 모친이 허리를 앞으로 숙였다가 세우며 어지럽다고 한 어느 날이 떠올랐다. 생각난 게 있어 아무런 말도 하지 못하는 명원을 보고 명준이 혀를 찬다.

"명원아, 너 진짜 언제 철들래?"

"……."

한심하게 보는 표정, 아무런 기대도 없다는 눈빛, 탓하는 말투가 날카로운 발톱처럼 속을 긁고 지나갔다.

"왜 이야기가 그렇게 돼? 내가 철이 안 들었다고? 오빠가 어떻게 아는데?"

"왜 네가 도리어 화를 내지?"

"그냥 묻는 거잖아. 화는 오빠가 나한테 냈고. 엄마 못 살핀 거 미안해. 미안한데, 이 집에 나만 살아? 엄마랑 나 둘만 사냐고. 해준이한테도 이렇게 말했어? 안 했지? 나한테만

이러는 거잖아. 항상 나한테만 그러잖아."

서러우면 우는 명원이 결국, 또 서러워져 울먹였다. 입술을 꾹 무는 명원을 보며 명준이 한숨을 뱉는다.

"해준이는 어리잖아. 네가 누나 아니야?"

꼭 이럴 때만 위계를 둔다. 매번 저 밑에 있었는데, 꼭 이럴 때만 책임을 다하지 못했다고 탓한다. 닭똥 같은 눈물이 떨어지는 순간 현관문을 열고 부친과 해준이 들어왔다. 도란도란 이야기를 나누며 들어오던 두 사람이 눈시울이 벌게진 명원을 보고 말소리를 멈췄다. 마트를 다녀온 듯 두 손에 커다란 봉지를 들고 있었다.

"명원이 왔어? 그런데 왜 그래? 왜 울어?"

부친이 묻는데 명원은 그대로 방으로 들어가 문을 닫았다. 쾅, 하고 닫은 문에 명준이 화를 냈고 말리는 부친의 말소리가 들렸다. 가방을 내팽개친 명원이 침대에 엎드려 울음을 터트렸다. 다 미워. 베개에 얼굴을 묻고 소리를 삼키는데 대체 누가 미운 건지 모르겠다.

한 시간이 지났나. 명원은 울음을 그치고도 방을 벗어나지 못했다. 쾅 하고 닫은 문을 스스로 열기가 조금 민망해진 탓이다. 문은 열고 울걸. 화장실 가고 싶은데. 다리를 꼬고 앉아 발을 달달 흔들고 있을 때 명준이 문을 열고 들어왔다.

눈이 마주쳤고, 전의 냉기가 조금 가셨다.

"나와서 밥 먹어."

"……."

"빨리 와. 해준이가 다 먹는다."

명준이 문을 열어두고서 걸음을 돌렸다. 부엌에서 고기
냄새가 진동했다. 발을 멈추지 않고 흔들던 명원이 벌떡 일
어나 화장실에 다녀왔다.

"명준이 너는 나이가 몇인데 동생이랑 싸우니."

그릇에 쌈장을 덜며 모친이 말했다.

"그게 어떻게 싸운 거야?"

"그래. 내가 일방적으로 오빠한테 당한 건데. 그게 어떻게
싸운 거야?"

명준의 말을 거드는 명원이었으나, 전혀 다른 의미였다.
명준이 명원을 보았고, 명원이 쌈을 입에 넣으며 뭐 어쩌라
는 식으로 눈을 흡떴다. 부친이 고기를 뒤집으며 소탈하게
웃었다.

"어렸을 때는 명준이랑 명원이 둘이 그렇게 사이가 좋았
는데. 명원이가 울면서 들어오면 명준이가 꼭 울린 친구 혼
내주러 나갔잖아. 그리고 언제였지? 명원이가 명준이 수련
회 가는 거 따라가고 싶다고 새벽에 잠도 안 자고 가방 메고

기다려서 재우느라 얼마나 고생했다고."

"기억 안 나."

"나도 그런 기억 없는데?"

외면하는 두 사람을 보며 부모가 실소했다.

"명원이 울면 해준이도 울고, 그렇게 둘이 울면 나도 얼마나 울고 싶던지."

과거를 회상하는 모친의 말에 해준이 눈을 동그랗게 떴다.

"나는 눈물이 없는데?"

삼 남매의 기억이 제각각인 듯했지만, 부모의 기억은 정확했다. 그때는 아이들이 무슨 생각을 하는지는 정확히 몰라도 뭘 하고 싶은지는 알았는데. 이제 다들 크면서 숨기는 법을 배우기라도 했는지 모든 게 알기 어려웠다. 살을 부대끼고 사는 가장 가까운 사람이라는 이유로 거리낌 없이 모진 말을 뱉는 날도 있었지만, 거리낌 없이 포용하는 날도 있었다. 대체 아이를 어떻게 키워야 하는 걸까, 육아 방식을 늘 고민했었는데 어느새 이렇게 커버렸다.

"아이고, 기분이다. 맥주 한잔 마시자."

맥주를 따른 모친의 잔을 명준이 뺏어 가져갔다.

"엄마, 머리 찢어졌잖아. 오늘 봉합하고 퇴원했는데 무슨 술이야."

"짠하고 싶은데?"

"마늘로 해."

해준이 기겁하며 싫어했지만, 다들 젓가락으로 마늘을 하나씩 집은 탓에 하는 수 없이 익은 마늘을 젓가락으로 푹 찔렀다.

"아, 그런데 엄마 몸은 괜찮은 거야?"

젓가락을 들고서 명원이 물었다.

"괜찮아. 속이나 썩이지 마. 자, 다 마늘 들고."

모친이 '우리 가족을!'하고 선창하자, 부친과 명원만 '위하여!' 소리치며 젓가락으로 집은 마늘을 가운데로 모았다.

"어우, 나는 못 하겠어."

해준이 젓가락을 놓으며 몸을 떨었다. 그 모습을 보며 피식 웃은 명준이 익은 마늘을 입에 넣고 씹었다. 이러는 게 어디 있냐며 모친이 아쉬워했으나 다시 시키지는 않았다.

\*

'공부도 다 때가 있다는 말, 나는 맞는 것 같아. 그때가 지금이 아닐 수도 있는데, 우선 명원이 너는 지금 학생이잖아.

만약 지금 네가 특별히 이루고 싶거나 하고 싶은 일이 없다면, 공부를 하는 게 맞는다고 봐. 열심히. 뭔가를 열심히 해보는 건 좋은 경험이야, 명원아.'

명준이 서울로 돌아가기 전 했던 말이 명원의 가슴에 콕 박혔다. 딱히 어떤 것에 열망을 느껴본 적이 없어 더 그런 것인지도 몰랐다. 이제 진짜 공부만 해볼까. 동아리도, 양우를 도와주는 일도 모두 그만두고 공부만. 그런 생각을 하며 간 학교에서 명원은 수영을 만났다. 만나자마자 수영이 송골매의 '처음 본 순간'과 산울림의 '아니 벌써' 중에 공연할 곡을 결정하라고 했다. 둘 다 명원이 좋아하는 곡이었다. 둘 다 공연에서 했으면 좋겠다고 명원이 의견을 낸 곡이기도 했다. 딱 한 곡만 연주할 수 있다고 해서 서로 경쟁이 치열했는데, 하필 그만둬야겠다고 생각한 때 경쟁에서 이기는 순간이 왔다. 비록 그게 곡 결정권일지라도.

"산울림 하자."

명원이 말했다. 그러면서 생각했다. 양우를 돕는 일을 이제 정말 지속할 수 없겠다고.

며칠 내내 명원은 길거리를 민첩하게 다녔다. 집과 학교를 드나들 때 반경 백 미터를 살피고 후드 티셔츠의 모자를 뒤집어쓰거나 명준이 버리고 간 안경을 쓰는 등 제 모습을 양우에게 들키지 않으려고 노력했다. 양우에게 너를 이제 돕지 못하노라! 선언하는 대신 회피한 것이다. 그러기를 며칠.

"명원아."

학교를 벗어난 길에 양우에게 딱 걸렸다. 뒤에서 들리는 익숙한 목소리에 명원은 눈을 질끈 감았다. 그러곤 어색하게 웃으며 고개를 돌렸다.

"어, 양우야? 오랜만이다."

마치 오랜만에 동창을 만난 듯한 말투에 어이가 없어 웃음을 터트린 건 명원이었다. 표정을 보아하니 그간 피해 다닌 걸 다 아는 눈치였다. 보다 못해 불러 잡은 눈치. 명원은 짧게 한숨을 뱉고는 잔뜩 웅크리고 있던 어깨를 폈다.

"양우야."

"어?"

"너 언제 돌아가?"

매번 만날 때마다 물음표를 던지던 명원이기는 했으나 물음표가 붙은 방향이 평소와 달랐다. 그래서인지 양우는 의중을 파악하려는 것처럼 명원의 얼굴을 물끄러미 보기만 했다. 말없이 보는 시선에 괜히 멋쩍어진 명원이 시선을 애써 피하며 말을 이었다.

"아니, 너 경험 데이터 때문에 온 거라고 했었잖아. 이제 다 채워졌을 것 같아서."

"다 안 채워졌어."

늘 그렇듯 무감한 목소리.

"안 채워졌다고? 아직도?"

믿을 수 없다는 반응에 양우가 한 손을 주머니에 넣었다. 핸드폰도 없는 녀석이 주머니에 손을 넣는 걸 보면 필시 데이터 수집기를 꺼내 보여주려는 것이다. 괜히 퍼센티지를 확인하면 마음이 쓰일 것 같아 주머니에서 손을 빼지 못하게 급히 팔을 잡았다.

"아! 됐어."

"물어봤잖아."

"안 보여줘도 돼."

"왜 이러지?"

변덕을 부리는 명원을 보며 양우가 비스듬히 고개를 기울였다. 남 탓을 하고 싶지는 않지만, 양우 때문에 시간을 많이 뺏긴 것도 사실이었다.

"……우선 어디 좀 들어가자. 들어가서 이야기해."

걸음을 옮겨 들어간 곳은 근처에 있는 디저트 전문점이었다. 진지하게 이별을 고해야 하는데, 그네 의자에 앉은 몸이 저항 없이 앞뒤로 흔들려 분위기를 잡는 데 실패했다. 명원은 구워온 토스트에 생크림을 듬뿍 찍어 먹으며 어떻게 말해야 양우가 상처받지 않을까 고민했다. 양우는 그런 명원의 노트에 무언가를 적으며 말없이 기다려주었다.

거듭 고민한 끝에 토스트를 다 먹은 명원이 자세를 고쳐 잡고 입을 열었다.

"양우야."

노트를 다음 장으로 넘기던 양우가 고개를 들고 눈을 맞추었다.

"할말이 있어."

"기다리고 있었어. 말해."

이게 뭐라고, 가슴이 튀어나올 듯 두근거렸다. 명원은 호흡을 가다듬고 입을 열었다.

"나 이제 시간이 없어. 너 도와주는 거 더이상 못 할 것 같아. 그냥 이 시대를 경험하면 되는 거라며. 내가 없어도 할 수 있는 거잖아. 너도 네 사정이 있듯 나도 내 사정이라는 게 있어서. 우리 이제 그만 만나자."

우리 그만 만나자라니. 말을 뱉고 보니 어딘가 이상하다는 생각이 들었지만 틀린 말은 아니었다.

"시간은 나도 없는데."

"그러니까. 너도 빨리 다른 방법을 찾아봐야지. 내가 그 답은 아니잖아. 나를 만나러 이곳에 온 것도 아니고. 너 도와준다고 야자도 많이 빠졌고, 복습이나 예습도 안 해서 진도가 너무 뒤처졌어. 이제 안 될 것 같아."

고민을 하긴 했나 의심이 들 정도로 매정한 말투였다. 하지만 한번 열린 입은 방언이라도 터진 것처럼 말을 쏟아냈고 양우의 얼굴은 점점 무표정해졌다.

"네 말은 여기에서 그만 헤어지자는 거지?"

양우가 물었다. 옆 테이블에 앉은 사람들이 헤어진 연인을 보는 듯 귓속말을 나누며 두 사람을 곁눈질했다. 주변의 관심 어린 눈길을 애써 무시하며 명원은 고개를 끄덕였다.

"다시는 볼 일이 없는 거네."

"아마도."

어색한 침묵이 흘렀다. 손도 대지 않은 파르페의 체리가 녹은 아이스크림 안으로 쏙 빠질 때까지 둘은 말이 없었다.

"알겠어."

양우가 말했다. 처음 만났을 때부터 의리를 따져 묻던 사람이라고는 믿을 수 없게 깔끔하고 담백한 대답이었다. 명원은 버릇처럼 진짜? 하고 물을 뻔했다. 그렇게 물었다면 자괴감이 빠졌을지도 모른다. 정말 바보 같은 질문이니까. 바보 같은 질문을 빼니 딱히 할 수 있는 말이 없었다. 아, 이렇게 쉽게 끝이 나는구나. 명원이 입술을 말아 물었다.

양우가 잘 지내라는 인사를 남기고 떠난 자리에 명원 혼자 남았다. 썰렁하게 빈 맞은편의 그네 의자를 보던 명원은 펼쳐져 있는 제 노트를 가져왔다. 덮어 가방에 넣으려다가 양우가 끄적거린 부분을 보았다. 전에 수영과 장난으로 적었던 문답에 양우의 답이 추가되어 있었다. 이름, 성별, 키와 몸무게 같이 제대로 물어본 적 없는 양우에 관한 정보였다. 좋아하는 음식, 음악, 영화가 모두 명원과 이곳에서 함께 했던 것이었다. 하긴, 떡볶이는 진짜 맛있지. 미래에 왜 이게 없어? 이해할 수 없어. 명원은 저도 모르게 웃으며 양우의 답을 읽어내려갔다.

Q. 최근 가장 슬펐던 순간은?
―바다가 사라졌을 때.

바다는 누구일까. 몹시 궁금했으나 물을 방법이 없었다.

Q. 최근 가장 좋았던 순간은?

―좀 많은데.

Q. 마지막으로 하고 싶은 말은?

―명원아 떡볶이 먹으러 갈래?


"아……."

심장이 쿵 뛰었다. 철렁거리다가 위태로운 모양새가 되어 큰 곡선을 그리는 것 같기도 했다. 그러면서 속을 자꾸 찌르는 느낌. 멍하니 있는데 아까 옆에서 힐끔거리던 사람이 넌지시 말을 걸었다.

"아쉬우면 붙잡으세요."

명원이 고개를 돌렸다.

"네?"

"아니, 두 분 다 헤어지고 싶지 않은데 헤어지시는 것 같아서요. 후회하실까봐."

"……."

말이 없는 명원을 보고 눈치가 보였는지 옆 테이블 사람이 그만 가자며 자리에서 일어났다.

'공부도 다 때가 있다는 말, 나는 맞는 것 같아. 그때가 지금이 아닐 수도 있는데, 우선 명원이 너는 지금 학생이잖아.

만약 지금 네가 특별히 이루고 싶거나 하고 싶은 일이 없다
면…….'

명준의 말이 메아리처럼 돌아왔다. 노트를 가방에 쑤셔
넣은 명원이 자리를 박차고 나갔다. 계단을 두 칸씩 뛰어내
려가 좌우를 살폈다. 아, 어디로 갔지?

"양우야! 나양우! 어디 있어? 나양우우우!"

어디로 갔는지 알 수 없는 양우를 찾아 명원이 달렸다. 개
를 잃어버렸나, 사람들이 수군거렸고 정신없이 달리는 명원
에게로 시선이 몰렸다. 통신사와 신발 판매장, 신차 홍보 현
수막을 건 자동차 대리점을 지나 골목에 접어들었을 때 누
군가 팔을 낚아챘다. 돌아보자 어리둥절한 표정의 양우가
있었다.

"뭐야?"

"야!"

냅다 지른 소리에 양우가 눈썹을 올린다. 다시는 볼 일이
없을 거라는 이야기를 한 게 십 분도 채 되지 않았는데.

"왜. 더 할말이 남았어?"

전력 질주를 마친 명원의 가슴팍이 크게 부풀었다 가라앉
았다. 숨을 고르며 씩씩거리는 명원이 결연한 표정을 하곤
양우의 눈을 바라보았다. 이별을 고하기 전, 언젠가 이 순간

을 후회하게 될지도 모른다는 생각이 들었지만, 불과 몇 분 전 양우의 마지막 문답을 봤을 때도 똑같은 생각을 했다.

"남았지."

"뭔데?"

"누가 내 노트에 낙서하래?"

"어?"

몰라. 이건 다 너 때문이야. 당연히 너 때문이지. 너를 만난 것부터가 시작이었으니까. 모든 이유가 너인 건 당연한 거야.

옆구리를 짚고 숨을 고르던 명원이 자세를 바르게 하고 걸음을 뗐다.

"하, 달렸더니 힘드네. 떡볶이 먹으러 가자며. 어. 갈래."

앞서 걷다가 돌아보니 양우가 자리에 가만히 서서 보고만 있었다. 그에 명원이 돌아가 양우의 손을 잡았다.

"뭐해? 가자니까. 아까 거기서 헤어지자고 한 말 취소야. 퉤퉤퉤."

명원이 양우의 손을 이끌었다. 씩씩하게 걸어가는 명원의 모습을 양우가 이해하기 어렵다는 얼굴로 보았다. 만나자마자 대뜸 그만 만나자고 하더니 누가 뭐라고 한 적도 없는데 돌아와 침 뱉는 흉내를 내고.

"너는 진짜…… 알다가도 모르겠어."

양우의 혼잣말에 명원이 홱 고개를 돌리고 눈을 동그랗게 뜬다.

"뭐라고?"

"아무것도 아니야."

엇나가는 양우의 눈을 좇던 명원은 불현듯 묻고 싶었는데 묻지 못한 질문이 떠올랐다. 바다가 누구냐. 김바다냐, 박바다냐. 몇 살이고 어떤 관계냐. 저답지 않게 사적인 질문을 마구 퍼붓고 싶었는데 하필 바다라는 답을 적은 칸의 질문이 슬픔과 관련되어 있어 벙긋 벌어진 입을 그냥 다물었다. 먼 슬픔도 아니고 최근의 슬픔이라는데. 슬픈 기억을 괜히 물어 아프게 할 필요는 없다.

"데이터 수집기? 그거 보여줘봐."

"언제는 보고 싶지 않다며."

"보고 싶지 않다고는 안 했어. 안 보여줘도 된다고 했지."

"그게 그거 아닌가."

"아, 정말."

미래에서 온 주제에 뒤끝이 기네? 명원이 한쪽 눈썹을 비뚜름하게 올리자 양우가 가볍게 웃으며 주머니에서 데이터 수집기를 꺼내 내밀었다. 와, 뭐야. 명원이 양우의 손을 놓고 두 손으로 수집기를 잡았다. 작고 내모난 게 미래의 물건이 아니라 과거의 물건처럼 보였다.

"삐삐처럼 생겼네."

"그게 뭔데?"

"핸드폰 이전에 쓰던 무선호출기. 메시지를 받을 수만 있는데, 지금 이것처럼 이렇게 숫자만 떴어. 진짜 비슷한데?"

"메시지인데 숫자만 뜨면 어떻게 알아?"

"공통의 언어가 있지."

모퉁이를 돌자 분식집이 나타났다. 명원이 문을 밀고 들어가 한쪽에 자리를 잡고 앉았다. 떡볶이와 김밥을 주문한 뒤 가방에서 노트를 꺼내 '7942'를 적어 양우에게 보여줬다.

"이렇게 오는 거야, 메시지가. 뭐게? 읽어봐."

"칠천구백사십이?"

"아니. 칠구사이. 이렇게 읽어야지."

"그게 뭔데?"

"친구사이."

무표정하게 노트를 보던 양우의 미간이 와락 찌푸려진다.

"그건 너무 억지 아니야?"

양우의 말을 무시하고서 명원이 또 무언가를 적었다.

"이건?"

"팔이팔이?"

"그래. 무슨 메시지겠냐."

"……빨리빨리?"

"정답!"

뭐가 그렇게 재미있는지 명원이 소리 내 웃으며 노트를 넘겼다. 아까 그렇게 진지한 낯으로 이별을 고할 때는 언제고. 그 짧은 사이에 무슨 심경의 변화가 생겼는지 알 수 없었지만 나쁘지 않았다. 명원이 없는 것보다 있는 게 좋았고 함께일 때 즐거웠으니까.

"이건 조금 어려운데, 맞혀봐."

테이블 위에 놓인 단무지를 밀어낸 명원이 그 위에 두 팔을 올리고 숫자를 정성스럽게도 적었다. 기울인 고개에 머리칼이 왼쪽 어깨로 몰렸다. 양우가 노트의 숫자를 봤다.

'1126611'

"이건 모르겠다."

"다 먹을 때까지 시간을 주지."

"안 줘도 되는데."

명원은 말하는 양우를 쳐다도 보지 않고 떡볶이와 김밥을 중앙에 놓고 밀어낸 단무지를 가져와 옆에 두었다.

"와, 장난 아니다. 얼른 먹어봐."

통깨가 솔솔 뿌려진 떡볶이를 보며 명원이 말했다. 다 먹을 때까지 '1126611'이 무엇인지 맞혀보라더니, 우선 먹고 보래. 맥락을 버린 명원이 떡볶이 소스에 푹 담근 김밥을 양우의 앞으로 내밀었다. 갑자기 코앞으로 온 음식에 양우의 두 눈이 동그래진다.

"먹으라고 주는 거야?"

김밥을 내밀 때까지만 해도 자연스럽던 명원의 표정이 일순 굳는다. 저도 모르게 입에 넣어주려고 손을 뻗었다.

"아, 아니? 이렇게, 어? 이렇게 먹으라고."

테이블 위를 순회한 김밥을 자신의 입안에 욱여넣었다. 그러곤 마구 씹으며 "먹는 방법을 알려준 거야."라고 하는데, 발음이 뭉개져 알아들을 수는 없었다.

"그래서 이게 뭔데?"

그릇을 깨끗하게 비우고서 의자에 쓰러지듯 기댄 명원을 향해 양우가 물었다.

"아, 이거."

느슨하게 풀어진 상체를 세운 명원이 펜을 쥐고 숫자의 정중앙에 실선을 그었다.

"이렇게 하면 사, 랑, 해, 이렇게 되는 거지."

고개를 갸웃한 양우가 노트를 가져와 들여다봤다. 실선이

그어져 '11'이 '사'로 '26'이 '랑'으로 '611'이 '해'로 보인다
는 주장이었으나, 아무리 봐도 억지라는 생각이 들었다.

"심했다."

"그렇게 안 보여?"

"보이겠냐. 실선을 그어보라는 말도 없었잖아. 이걸 누가
알아?"

"다 알아. 그러니까 공통의 언어지. 저 숫자가 딱 뜨면 아!
하고 아는 거야."

"억지다."

절레절레 고개를 저은 뒤 물을 마시는 양우를 보며 명원
이 입술을 비죽거렸다.

"이런 방법으로 네 이름도 만들 수 있을걸?"

펜을 굴리는 명원을 보며 양우가 눈썹을 들었다. 명원이
골똘히 고민하다가 노트에 '059'를 적고 조금 전과 같이 정
중앙에 실선을 그었다.

"양, 우."

역시나 억지스러운 모양새에 양우가 피식 웃었다. 그 웃
음에 명원이 휙 고개를 들었다. 팔짱을 끼고서 테이블에 팔
꿈치를 댄 양우의 상체가 살짝 앞으로 기울어 있었다. 둘 다
머리를 중앙에 두고 있어 지척에서 눈이 마주쳤다.

"기발하네. 이건 인정해줄게."

양우가 웃음기 어린 목소리로 말했다. 그게 왠지 모르게 간지러워서 명원은 잽싸게 노트를 덮고 얼굴을 찌푸렸다.

"네가 뭔데 나를 인정해? 잊지 마라. 내가 누나다."

가방에 노트를 쑤셔 넣는 명원을 보며 이번에는 양우가 소리 내 웃었다. 참으로 짧게 불타올랐다가 사라진 갈등이었다.

*

5층 심해 생물의 동아리실, 베이스를 연주하고 있는 명원에게로 따가운 눈총이 쏟아졌다. 눈으로 총을 쏘는 사람은 다름 아닌 맞은편에 앉은 수영이다. 연이은 명원의 탈주에 기분이 많이 상한 듯 쏘아보는 눈이 매서웠다.

"……."

노골적인 시선을 명원도 모르는 것은 아니었으나 차마 돌아볼 수가 없었다. 눈이 마주치는 순간 수영이 성난 말을 뱉을까봐, 어떻게 대응해야 할지 모르겠어서 우선 외면하고 보는 것이었다. 모의고사 때만 해도 이리 사라지고 저리 사라지는 기길동이라고 놀리던 수영이었는데, 이제 이리 사라지고 저리 사라지는 게 놀림감이 아니라 분노의 대상이 된 듯 장난스러운 말을 걸지도 않았다. 공부도, 공연도, 양우도 어느 하나 놓치지 않고 열심히 하려니 자연스레 수영과 함께하는 시간이 줄어들었다.

두둥, 하는 마지막 음으로 연주가 끝났다. 서서 달린 것도 아닌데 이마에 송골송골 땀이 맺혔다.

"기명원은 맨날 야자 빠져, 조현경은 합주에 빠져. 잘 돌아간다."

기타를 내려놓으며 수영이 말했다. 오늘 공연 때 연주할 곡을 연습하기로 했는데 드럼을 맡은 현경이 참석할 수 없다고 당일 통보한 것이다. 뜨끔한 명원이 어색한 미소를 지으며 고개를 돌렸으나, 마주한 얼굴이 겨울의 한파처럼 차가워 바로 눈을 내렸다.

명원은 요즘 무얼 하고 다니느냐는 수영의 물음에 양우의 이름을 말하지 못한 건 아무렇게나 되는 대로 입을 놀렸다가 비밀을 발설하면 어쩌나 하는 걱정 때문이었다. 빈틈이 많고 표정 관리를 못 해 거짓말에 재능이 없는 자신이 언제 앞뒤 다른 말을 할지 모르고 그러다 제 말에 맥락이 맞지 않은 순간이 오면 들킬 게 뻔했기 때문이다.

"공연 장소랑 시간은 문자로 알려줄게. 처음 맞춰보는 곡도 아니고, 연습은 그만하자."

자리에서 일어난 수영이 케이스에 기타를 넣으며 말했다. 명원이 당황하여 눈만 끔뻑이는 사이 수영은 케이스 지퍼를 잠그고 돌아섰다. 그러더니 인사도 없이 동아리실 문을 열고 나갔다.

"……어, 어?"

명원이 뒤늦게 베이스 기타를 내려놓고 수영의 뒤를 쫓았다.

"수영아?"

부르는데도 돌아보지 않고 간다.

"화났어?"

복도를 지나 중앙 계단에서 수영의 앞을 가로막은 명원은 눈시울이 붉어진 수영의 불퉁한 얼굴을 마주했다. 헉, 저도 모르게 숨을 삼켰다. 내내 저를 째려보던 수영이 눈물을 보일 줄 몰랐고, 그제야 제가 친구로서 의리도 없이 문제를 회피했다는 것을 깨달았다. 수영은 화가 난 게 아니라 섭섭한 거다.

"……어, 최수영."

그렁그렁 맺힌 눈물이 후드득 떨어진다. 당황한 명원이 바삐 수영의 뺨에 묻은 눈물을 닦다가 똑같이 울음을 터트렸다.

"왜, 왜 울어어. 내가 미안해. 어?"

썰렁한 5층 계단에 둘의 울음소리가 메아리쳤다. 울지마 앙, 마앙, 마아앙. 너 때문이야, 이야, 이야아. 왜 자꾸 나한테 비밀을 만들어서 사람을 울게 만들어어어엉. 아래층에 있는 아이들이 계단 위를 흘긋 보고는 웃으며 지나갔다.

계단에서 계속 부둥켜안고 울 수만은 없던 두 사람은 다시 동아리실로 돌아와 마주보고 앉았다. 돌돌 말은 휴지를 한쪽 코에 찔러 넣은 수영과 비슷한 몰골로 눈이 퉁퉁 부은 명원은 서로의 얼굴을 보고 웃음이 터져나왔다.

"그러니까, 그간 양우의 일을 도와줬다고?"

"응."

"무슨 일이길래?"

"……."

"왜. 그건 비밀이야?"

"응……."

"그래."

한숨을 뱉은 수영이 두 팔을 뒤로 젖혀 의자에 걸치고 천장을 향해 고개를 들었다. 한쪽 다리를 무릎 위에 꼬아 올리고 흔들거리는데, 모양새가 어째 조금 험악했다.

"하, 그러니까 나양우 그 새끼가 지기가 해야 할 일을 너한테 시켰다는 거지?"

"어? 아니, 도와달라고 한 건데."

"자전거 도둑놈이."

"……아니."

"내 시디도 가져가서 감감무소식 되더니."

"시디? 그건 네가 준 거 아니었어?"

"명원아."

휙, 고개를 내린 수영이 결의에 찬 얼굴로 명원을 보았다.

"어?"

"자리 만들어."

"……자리? 무슨 자리?"

"양우, 당장 불러. 만나야겠어."

이상하게 돌아가는 상황에 명원이 머리를 긁적였다.

*

픽 비밀스러운 만남이 성사되었다. 남들의 눈을 피해야 한다고 생각한 명원이 두 사람을 데리고 향한 곳은 인적 드문 근린공원의 벤치였다. 친구를 이끌고 어둑한 공원으로

들어가는 명원을 주시하는 어른들의 시선이 닿았다. 선두에
선 명원과 수영을 불량하게 보는 듯했다.

가로등 빛이 번진 벤치 아래에 세 사람이 앉았다. 온 순서
대로 앉았더니 명원의 옆에 수영이, 수영의 옆에 양우가 있
었다. 어, 이러면 안 되는데? 자신이 양우를 대변해야 할 상
황이 올지도 모르는 일이었다. 생각을 마친 명원은 자리에
서 일어나 양우의 옆으로 옮겨 앉았다.

"어이, 나양우. 내가 묻는 말에 머리 굴리지 말고 바로 대
답해라. 알았어?"

양우의 어깨에 수영이 턱하니 손을 올리고 물었다. 아까
부터 계속 눈썹을 찌푸리고 있는 수영의 험악한 표정에 양
우는 저도 모르게 조금 웃음이 새어나왔다.

"알겠어. 뭔데?"

"너 말이야, 기명원 좋아하냐?"

양우의 등뒤에서 작은 목소리로 곤란한 질문에는 대답 안
해도 된다고 속삭이려던 명원이 당황하여 기침을 뿜었다.
갑자기 귓바퀴를 훅 스치는 숨결에 양우가 놀라 어깨를 틀
자, 시선의 방향이 제각각 달라진다.

"뭐야?"

양우가 두 손으로 입을 막고 두 눈을 동그랗게 뜬 명원을

보며 물었다.

"어…… 그래! 뭐야? 무슨 질문이 그래?"

당황한 명원이 양우에게 온 질문의 화살을 그대로 수영에게 넘겼다. 얼마나 당황했으면 자리에서 벌떡 일어나 삿대질까지 하며 소리쳤다.

"그런 이상한 소리나 하려고 셋이 만나자고 했어? 이상하네, 최수영! 장난치지 말고, 진짜 궁금한 걸 물으라고!"

우렁찬 명원의 목소리가 울려퍼진 자리가 일순 조용해졌다.

"진짜 궁금한 거 물은 거야."

"그 이야기가 아니잖아."

"거, 엄청 흥분하네. 알았어. 사랑의 작대기 같은 건 묻지 말라는 소리지? 안 물을게."

수영의 그만 앉으라는 손짓에 숨을 시근덕거리던 명원이 제자리에 착석했다. 착석한 뒤에도 한번 솟구친 흥분이 좀처럼 가라앉지 않아 손부채질을 하며 열을 식혔다. 최수영, 네가 아무것도 모르니까 그런 황당한 소리를 하는구나. 양우는 지금 이 시대에 태어나지도 않은, 분열할 세포도 없는 그런 존재란 말이다.

"양우야 네가 아는지 모르겠지만, 명원이는 나한테 둘도 없는 단짝이야. 눈이 오나 비가 오나 우리는 항상 같이 다녔어. 무슨 일이 있어도 함께 했다고. 네가 나타나기 전까지는."

수영이 날카롭게 쳐다보며 팔짱을 꼈다. 겨드랑이 사이로 들어가지 않은 한쪽 손이 시선을 사로잡았다. 전에 명원이 꼈던 반지가 나무에 열린 대추처럼 주렁주렁 있었다. 대체 언제부터 반지를 끼고 있었던 건지. 아니, 어느 틈에 낀 건지. 화려해진 다섯 손가락에 명원이 부채질을 멈추고 이마를 짚었다. 설마 양우도 봤을까 하며 곁눈질하는데, 혹시나가 역시나. 양우의 눈길이 수영의 손을 향해 있었다.

"네가 명원이에게 도움을 구하고, 명원이가 너를 도와주는 거? 그럴 수 있어. 한두 번은. 그런데 지금 이게 며칠째야? 명원이가 나와 하던 모든 일들을 제쳐두고 너를 만나러 가는데, 이해가 안 되는 거야. 무슨 일인지 말해주지도 않아. 허락 없이 네 이야기를 할 수 없대. 그런데 나는 알아야겠거든? 명원이의 짱친으로서! 대체 내 친구가 너한테 왜 끌려다니는지! 알아야겠다고!"

흥분의 열기가 명원에게서 수영에게로 옮겨간 모양이다. 수영이 눈에 불을 켜며 씩씩거렸다. 그도 그럴 게, 분명 양우를 좋지 않게 보던 명원이었다. 잘 알지도 못하는 사람에게 잘해주지 말라고 했던 게 그리 오래전의 일도 아니었다. 낯을 많이 가리는 성격 탓에 먼저 살갑게 다가가지 못하는 명원을 아는데, 하루아침에 막역한 사이라도 된 듯 만나는 게 의심스러웠다. 명원이 자의로 만나는 게 아닐지도 모른다. 양우의 강요로, 약점을 잡혀서. 그런 게 아니라면 둘 중 한 명은 상대를 좋아해야 했다. 좋아서 하는 데이트도 아니라면 도무지 이해할 수 없었다.

"숨김없이 바로 말해라. 어? 뭐야, 뭐냐고! 대체 네 놈 정체가 뭐냐?"

명원이 꼴깍 침을 삼켰다. 휘이, 부는 바람이 어쩐지 조금 썰렁하게 느껴졌다. 햄버거 패티처럼 수영과 명원의 사이에 앉은 양우는 덤덤한 표정으로 두 사람을 번갈아 보고는 입을 열었다.

"정체랄 건 없는데, 내가 미래에서 와서 그래."

그걸 말하네. 긴장한 명원이 헉, 숨을 삼켰고 수영은 얼굴을 찌푸렸다.

"뭐라고 했냐?"

"시간 여행을 왔어. 그래서 명원이가 도와주는 거야. 이곳에서 해야 할 일을."

"미래? future?"

기막힌 듯 수영이 헛웃음 쳤다. 전혀 믿지 않는 눈치였다. 와, 진짜. 너무 어처구니가 없네! 먹살이라도 잡을 기세로

팔짱을 풀고 소매를 걷어붙이는데 이런 상황을 예상이라도 한 듯 양우가 왼쪽 손을 들었다. 할 말이 있어서 든 줄 알았더니, 갑자기 엄지의 마디를 구부렸다. 뭐지? 생각하는 순간 수영의 한쪽 손이 자기력이 작용한 것처럼 양우의 손에 붙었다. 충돌에 픽, 소리가 났다. 명원은 그게 수영의 선제공격인 줄 알았다. 반지를 꼈을 때부터 알아봤어야 했는데.

"최수영! 그래도 폭력은 좀 아니지!"

놀란 명원이 수영을 말리는데, 귀신이 곡할 노릇처럼 손이 딱 붙은 수영이 명원보다 더 큰 소리로 "아니야!" 했다. 수영의 두 눈이 튀어나올 듯 커다래졌다.

"뭐, 뭐야? 왜, 왜 안 떨어져?"

수영이 안간힘을 쓰며 몸을 뒤로 젖혀보아도 딱 붙은 손은 접착제로 붙인 것처럼 떨어지지 않았다.

"초, 초초, 초능력?"

"초능력은 아니고, 이쪽 팔이 기계라 그래."

양우가 손을 떼자 손과 반지 사이에 작용하던 힘이 멀어지며 수영의 몸이 훅 뒤로 밀렸으나 벤치에서 나가떨어지지는 않았다.

말도 안 돼. 어떻게 이런 일이 있지? 수영이 도르르 눈동자를 굴려 명원을 쳐다보았다. 눈이 마주치자, 명원이 거짓이 아니라는 듯 고개를 끄덕였다. 이로써 양우의 비밀을 아는 사람이 한 명 더 늘었다.

벤치에 나란히 앉은 세 사람은 한 손에 종이컵을, 다른 한 손에 이쑤시개를 들고 떡볶이를 먹으며 허공을 응시했다.

"그러니까, 네가 말한 친구는 인간이 아닌 인공지능이고, 너는 갑자기 전두엽에 이상이 생긴 것처럼 초기화 되어버린 그 인공지능의 성격을 되살리기 위해서 이곳에 왔다는 거지?"

수영의 말에 양우가 고개를 한 번 끄덕했다.

"맞아."

"놀고먹는 거로 데이터가 수집된다니, 대체 무슨 원리야?"

이번엔 양우가 어깨를 으쓱였다.

"와아, 십 년이나 이십 년 뒤면 세상이 어떻게 변했는지 묻겠는데, 너무 먼 미래라서 어떤 곳인지 상상되지도 않아."

수영의 말에 명원이 웃으며 고개를 주억거렸다. 수영 역시 명원처럼 양우가 온 세계에 관해 자세히 묻지 않았고, 그 먼 미래에도 지구의 종말이 오지 않았구나 생각할 뿐이었다.

"그래서 네가 말한 그 경험 데이터라는 건 다 채웠어?"

"아니. 어느 순간부터 정체된 느낌이야."

"내성이 생긴 거 아니야? 아니면 한 번 경험한 일에 대해서는 중복으로 적용되지 않는다던가."

일리 있는 말에 명원이 눈을 번뜩 떴다. 양우도 그렇게 생각하는지 고개를 끄덕거렸다. 역시, 둘보단 셋이다. 머리가 하나 더 있으니 생각할 수 있는 범위가 넓어졌다. 그래. 이 동네를 벗어나지 않아서 할 수 있는 경험이 한정적이었다. 더 먼 곳으로 간다면.

"놀이공원 어때?"

명원이 의견을 내는 순간이었다. 경쾌하게 뚱땅거리는 64화음 벨 소리에 세 사람의 시선이 동시에 소리가 나는 곳으로 옮겨갔다. 수영이 잠시만 기다려보라는 손짓을 하고 전화를 받았다.

"여보세요?"

수영이 통화하는 동안 명원은 양우와 함께 하면서 새로운 경험을 할 수 있는 곳을 고민했다. 바이킹 한 번 타면 경험 데이터가 쫙 채워질 것 같은데, 양우가 혼자서 타고 온 비행기인지 우주선인지를 생각하면 바이킹 따위는 시시할 것 같기도 하고. 흠, 하고 턱을 매만지며 고민이 깊어지고 있을 때 핸드폰을 슬라이드로 내리며 통화를 끝내는 수영의 표정이 좋지 않았다.

"왜 그래? 무슨 전화인데?"

한숨을 푹 내쉰 수영이 머리를 박박 긁으며 괴로워했다.

"아…… 현경이 팔에 깁스했대."

"진짜? 어쩌다가?"

"넘어지다가 손으로 바닥을 짚었는데 너무 아파서 병원에 가보니까 손목에 금이 갔다고 했대."

"어떡해? 괜찮대?"

"현경이는 괜찮지. 괜찮으니까 전화했지. 하, 문제는 그게 아니야."

'문제' 하니까 생각났다. 마을 축제 공연이 며칠 뒤였다. 드럼을 치는 현경이 없으면 기타와 베이스로만 연주해야 하는데, 아무래도 박자의 중심을 잡아주는 드럼이 빠지면 연주가 조금 심심해질 터였다. 어쩌지. 어쩔 수 없지 않나. 우리 둘이 함께 열심히 해보자, 말하려는 순간 수영이 퍼뜩 상체를 세우고 양우를 본다. 무언가 기발한 생각을 해낸 듯 눈이 빛났다.

"아! 생각났어! 양우의 경험 데이터를 채울 새로운 경험!"

뭔데? 아, 설마. 아니겠지. 명원의 표정이 불안해질수록 수영의 두 눈은 더 맑아졌다.

조심스레 현관문을 연 명원이 집안을 휙휙 살폈다. 현관 바닥이 썰렁한 것을 보니 아무도 없는 듯했다.

"들어와."

명원의 손짓에 두 사람이 줄을 서서 들어왔다. 부모님은 회사에서 돌아오지 않은 듯했고 해준은 축구 교실에 간 모양이었다.

거실 소파에 가방을 내팽개친 명원이 바닥에 앉아 거실장 서랍을 열었다. 일렬로 비디오테이프가 놓여 있었다. 손가락으로 비디오를 훑더니 사이에서 테이프 한 개를 집어들었다.

"있다. 역시 우리 엄마."

수영이 양손으로 엄지를 치켜들었고 양우는 플레이어에 테이프를 가로로 눕혀 넣는 명원을 응시했다.

"이게 다 뭔데?"

"아, 우리 엄마가 어렸을 때부터 산울림을 좋아했거든. 그래서 방송 나오고 그러면 녹화해서 돌려보고 그랬대."

수영과 명원이 뒷걸음질 하고 소파에 앉았다. 지난밤 공원 벤치에 앉았던 순서 그대로였다.

"잘 봐. 센터에 서 있는 기타가 나, 그 옆에 베이스가 명원이, 그리고 저 뒤에 드럼을 네가 할 거니까."

수영이 말했다. 지지직거리던 텔레비전에 산울림이 나와 연주를 시작했다.

"내가 저걸 왜?"

"친구에게 어려운 일이 있으면 원래 돕고 그래. 지금 우리 시대는 그런 법이야. 그러니까 너도 지금의 룰을 따라야 해."

"할 줄 몰라."

"할 수 있어. 그렇게 어렵지 않아. 명원이도 너 도와주잖아. 너도 우리를 도와줘야지."

대체 이야기가 왜 그렇게 되는 거지? 말도 안 되는 부탁 같은데, 묘하게 설득당하는 양우였다.

산울림의 무대가 끝나면 명원이 바로 되감기 버튼을 눌렀다. 위이잉, 소리와 함께 산울림이 텔레비전 안에서 거꾸로 움직였다. 그렇게 같은 무대를 열 번쯤 다시 보았을 때, 반복되는 상황에서 벗어나고 싶던 양우가 화제를 돌렸다.

"다른 건 없어?"

"다른 거?"

"오랜만에 그거 보자. 명원이 너 유치원 생일잔치."

수영의 말에 명원이 단호하게 거절 의사를 밝혔다.

"싫어. 그게 우리 공연이랑 무슨 상관이 있어."

"왜, 뭔데? 봐보자."

돌고 도는 영상에서 벗어날 수만 있다면 뭐든 좋았던 양우가 명원의 어깨를 흔들었다. 아, 그거 너무 창피한데. 부끄러운데. 혼자서 중얼거린 명원이 두 사람의 성화에 못 이겨 서랍 앞에 쪼그리고 앉아 안을 뒤적거리다 이내 비디오테이프를 갈아끼웠다. 한복을 입은 어린이들이 고깔모자를 쓰고 생일상 앞에 일렬로 나란히 앉아 있었다. 말해주지 않아도 케이크 앞에 앉은 어린이가 명원이라는 걸 알 수 있었다. 십년 전에도 지금과 똑같은 턱밑 길이의 단발머리었다. 색동 저고리를 입고 정가운데 앉아 울음을 터트린 명원을 선생님이 달래주고 있었다.

"왜 우는 거야?"

양우가 물었다.

"내가 좋아하는 애가 나 말고 다른 애한테 사탕 목걸이 걸어줘서."

다시 봐도 웃긴지 수영이 소리 내 웃었다.

"이다음이 더 귀여워."

수영이 리모컨을 들고 비디오를 앞으로 감았다. 장면이 빠르게 지나가다가 어느 부분에서 멈췄다. 명원이 서 있었다. 요리조리 눈을 굴리며 눈치를 보더니 두 손을 모아 이

마에 올리고 절을 했다. 머리가 점점 아래로 떨어지너니 중심을 잃고 앞으로 굴렀다. 한 바퀴 굴러 바닥에 대자로 뻗은 명원을 보고 수영이 배를 잡고 깔깔 웃었다. 양우의 입에서도 웃음이 샜다. 피식, 웃었다가 자꾸 웃음이 터져나와 한 손으로 입을 막았다.

"아니, 진짜 어떻게 저렇게 굴렀냐고."

소파에서 일어난 수영이 바닥에 서서 비디오의 명원처럼 자세를 잡고 절을 했다. 아무리 몸의 중심을 앞으로 줘도 발로 밀어내지 않는 이상 몸이 넘어가지 않았다. 그때 수영의 핸드폰이 울렸다. 바닥에 넙죽 엎드려 있던 수영이 주머니에서 핸드폰을 꺼내 보았다.

"아! 엄마다. 망했네. 지금 독서실에 있는 줄 아는데."

발신자를 확인한 수영이 벌떡 자리에서 일어나 가방을 챙겼다. 그러더니 현관으로 달려가 운동화를 구겨 신으며 인사했다.

"친구들아, 미안! 나 먼저 갈 테니 연습은 내일 다시 만나서 하자!"

내일 뭘 해? 양우가 황당한 듯 현관을 돌아보는 순간 쾅, 하고 현관문이 닫혔다. 돌아본 곳에 수영은 없고, 센서 등만 켜져 있었다.

"너도 내가 할 수 있다고 생각해?"

명원에게 시선을 옮기며 양우가 물었다.

"어쩌면? 너 데이터 모으는 기계, 그거 꺼내봐."

명원의 말에 양우가 고개를 가웃하며 주머니 속에 있는 기계를 꺼냈다. 명원이 고개를 기울이고 기계를 들여다봤다.

"오! 이거 봐. 79%에서 움직임이 없었는데 올랐어. 악기 다뤄본 적 없다며. 엄청난 경험이 될지도 몰라."

"네가 내 손잡아주면 쉽게 오르는걸."

"아니라니까, 그거."

"내 생각에는 그게 맞아."

어허, 진짜. 아니래도. 명원이 눈을 부릅뜨며 양우를 째려보았다.

"내가 잘 알려줄게. 나만 믿고 따라와."

명원이 말했다. 어쩐지 기시감이 느껴져 양우는 멀거니 명원의 얼굴을 바라보다가 뒤늦게 고개를 끄덕였다. 짝, 손뼉을 치는 명원의 얼굴에 화색이 돈다.

"대신 부탁이 있어."

"부탁? 뭔데?"

명원이 손바닥을 붙인 채 동그랗게 뜬 눈을 깜빡거렸다.

바닥에 쪼그려앉은 명원이 옷장 아래 처박아둔 운동화 박스를 꺼냈다. 박스 뚜껑을 열자 정갈하게 줄을 맞춰 정리해둔 카세트테이프가 나왔다. 명원이 돈을 주고 산 테이프도 있었고 모친이 버리려고 내둔 것에서 주워온 것도 있었다. 개중 명원의 조악한 필체로 우울한 노래, 댄스 모음, 팝송 모음, 발라드 모음, 이라고 쓴 테이프도 있었는데 이것은 모두 명원이 공테이프나 집에 굴러다니는 영어 학습 테이프에 스카치테이프를 붙여 녹음한 것이었다.

　테이프를 쭉 훑은 명원이 '기명원의 뮤직박스'라고 써놓은 케이스를 꺼냈다. 나름 저 스스로 색지를 오려 부클릿까지 만든 앨범이었다. 주황색 색지의 커버에는 하트 세 개가 그려져 있었는데 하트 안에 기, 명, 원, 하고 제 이름이 한 글자씩 들어가 있었다. 표지를 넘기면 명원이 손수 자필로 적은 트랙 목록과 가사집이 나왔다. 중간중간 맞춤법을 틀려 눈이 내린 것처럼 흰색 수정액이 굳어 있는 부분들이 있었다.

　테이프를 처음으로 되돌려놓기 위해 손가락을 테이크업 릴에 꽂아 넣고 돌리는 명원을 양우가 신기하다는 듯 봤다.

"이게 뭔데?"

양우가 물었다.

"테이프. 아까 들었던 노래가 여기 들어 있거든? 내가 빌려줄 시디플레이어는 없고, 카세트 플레이어는 있어서. 테이프로 줄게. 이걸로 들어."

다 감은 테이프를 케이스에 넣고 괜찮은 곡이 들어간 테이프 몇 개를 박스에서 빼내 카세트 플레이어와 함께 쇼핑백에 담았다.

"자, 여기. 곧 부모님 오시겠다. 나가자."

현관문을 닫고 나와 엘리베이터 앞에 섰다. 버튼을 누르고 기다리는데 1층에서 머물다 올라오는 엘리베이터 안에 가족이 타고 있을 것만 같은 왠지 모를 불안감이 솟아올랐다.

"계단으로 가자."

휙, 걸음을 돌린 명원의 뒤를 양우가 좇았다. 한 층, 한 층 내려갈 때마다 어두운 비상구 계단에 불이 켜졌다. 2층에서 창문을 열고 밖을 살핀 명원은 아무도 없음을 확인하고 1층으로 내려갔다. 캐노피를 벗어나자마자 양우가 손을 내밀었다. 두 손을 주머니에 찔러 넣고 있던 명원이 흘긋 눈을 올려 양우의 표정을 살폈다. 내려오는 사이 깜빡 잊어버리기를 바랐는데, 표정을 보아하니 잘만 기억하고 있었다.

"부탁, 들어준다며."

"아, 맞다. 그랬지."

"빨리 줘."

한숨을 뱉은 명원이 하는 수 없다는 듯 주머니에서 한쪽 손을 빼 양우가 내민 손 위에 올렸다. 그러자 양우가 기다렸다는 듯 잡았다. 알지도 못하는 드럼을 연주해주는 대가로 명원은 양우의 손을 잡아주기로 했다. 수영의 눈물을 본 이상 공연을 망칠 수는 없었다. 현경이 깁스를 해 드럼을 치지 못하는 건 자신의 잘못이 아니지만, 최선을 다해서 빈자리가 생기지 않게, 공연에 차질이 가지 않도록 만들고 싶었다.

"됐냐?"

삐딱하게 묻는 명원을 보며 양우가 싱긋 웃는다. 그렇게 손을 잡고 걸었다. 분명 달릴 때도 이렇게 잡았던 것 같은데, 그때는 도망가느라 분주해서 이런 접촉 따위에 신경 쓸 겨를이 없었다. 새삼 맞잡은 양우의 손이 크다는 걸 실감했다.

괜스레 마음이 어수선해진 명원은 딴청을 부리며 발치의 돌멩이를 찼다. 가슴이 이상하게 콩닥거렸다.

순간 바람이 크게 불었다. 머리카락이 바람의 방향을 따라 나부꼈다. 명원이 다른 한 손으로 헝클어진 머리카락을 쓸어넘기고 크게 호흡했다.

"가을이네, 가을."

"가을?"

하늘을 올려다보던 명원이 고개를 끄덕이며 양우를 보았다.

"바람에서 가을 냄새가 나잖아."

명원의 말에 양우가 콧등을 한 번 찡긋했다. 계절의 냄새라니. 한 번도 생각해본 적 없는 것이었다. 선선한 바람이 옷 깃에 스며들었다.

"이게 가을 냄새야?"

"나한테는. 저마다 그런 게 있거든. 새벽이나 초저녁, 갑자기 문득 맡아지는 계절의 냄새. 그러니까, 문득 느껴지거나 깨닫게 되는 것들. 나한테는 이 냄새가 가을이야."

명원이 다시 고개를 젖혀 하늘을 보았다. 양우도 명원을 따라 시선을 높은 곳으로 올렸다. 별이 듬성듬성 박힌 하늘이 어두운 듯 푸르렀다.

"이전에 경험한 적 있는 냄새와 바람, 공기를 다시 마주할 때 인식하는 거지. 계절이 바뀌었구나, 하고."

"이런 감각들이 기억을 깨우는 거구나."

"맞아. 혹시 모르니까 너도 이 밤공기를 잘 기억해둬. 네가 사는 미래에서 문득 느껴지는 순간이 있을지도 모르잖아."

"가을……."

양우가 나지막이 말했다. 단풍잎을 코팅해서 만든 책갈피에 관해 이야기하던 바다의 목소리가 떠올랐다. '가을이 좋아. 내 이름 가을로 지어주지. 네가 바다를 좋아해서 내 이름이 바다인 거지? 다 안다' 인공지능이 좋아하는 계절이라니. 그저 웃어넘겼었는데. 여기서 이렇게 가을을 만날 줄은 몰랐다. 알았더라면 바다에게 더 자세히 묻지 않았을까. 가을을 왜 좋아하는지, 가을이 오면 무얼 하고 싶은지.

"네가 좋아하는 계절이야?"

양우가 물었다.

"응. 가을이 제일 좋아. 여름은 너무 덥고 겨울은 너무 추워. 봄에 피는 꽃은 예쁜데 꽃가루가 많이 날려서 자꾸 기침해. 그리고 점점 더워지잖아. 차라리 더위가 가시고 선선해지는 가을이 좋지. 아, 그리고 중요한 거. 가을에 고구마를 수확하거든. 고구마 좋아. 맛있어. 나중에 고구마 쪄먹자."

좋아하는 이야기에 신이 났는지 명원이 잡은 손을 앞뒤로 흔들었다. 실실 웃음이 새는 명원의 얼굴을 양우가 내려다보았다. 가을이라는 계절이 불어오는 바람이나 맡아지는 냄새, 느껴지는 공기로 기억되지 않고 저 웃음으로 남을 것 같다는 생각이 들었다.

"이게 너의 가을이구나."

들릴 듯 말 듯 작은 목소리로 혼잣말한 양우가 다시 하늘을 올려다봤다. 바람에 흔들리는 머리칼에, 바람이 닿는 피부에, 이따금 흔들리는 옷자락에 가을의 냄새가 묻었다.

명원이 고개를 돌려 하늘을 바라보는 양우의 얼굴을 보았다. 달빛 때문인지 눈매가 아름다워 보였다. 흘러내린 머리칼이 바람에 나부끼는데 불현듯 속에도 없던 문장이, 마치 오래전부터 외우고 있던 문장처럼 떠올랐다.

'난데없이 나의 2004년 괄호를 열고 들어온 너.'

테이프와 플레이어를 담은 주황색 쇼핑백이 앞뒤로 흔들렸다. 'Have a good time!' 쇼핑백 문구가 두 사람을 계속 따라갔다.

# 4장

# 마지막
# 인사

수영이 다니는 교회의 목사님께 부탁하여 예배당의 드럼을 빌려 쓰느냐, 양우에게 체육복을 입히고 몰래 학교 동아리실에 가느냐, 아니면 모형 드럼으로 아무데서나 연습하느냐. 세 갈래의 기로를 두고 명원과 수영이 고민했다. 양우는 아무런 생각이 없는 듯 수영의 핸드폰을 들고 천지인 키패드를 요리조리 누르며 문장을 완성하고 있었고 수영과 명원은 심각한 표정으로 대립했다.

　"교회로 가면 엄마한테 분명 이야기가 새어 들어간다니까. 그냥 학교로 가자. 체육복 입혀놓으면 아무도 신경 안 써."

　"아무리 그래도 여고에 양우를 어떻게 데리고 가? 걸리면 우리 셋 다 무사하지 못할걸? 그럼 그냥 모형 드럼으로 해."

　"모형 드럼은 안 돼. 어제도 집에 있는 양동이 가져다가 연습했다며. 시간이 많지도 않고 진짜 쳐봐야지."

양우가 공연에 현경의 대타를 서기로 한 다음 날, 수영과 명원은 학교 청소도구함에서 양동이를 챙겨 학교 밖으로 나갔다. 닭꼬치집 앞에서 기다리고 있던 양우와 접선했고 편의점 파라솔 아래에 앉아 뒤집은 양동이로 드럼 연주를 연습했다. 나무젓가락을 양손에 쥐고 양동이를 치며 한 발은 킥을 넣는 연습이었다. 기본 비트이긴 했으나 퍽 잘 따라 하는 양우를 보며 수영은 안도했다. 실제 드럼을 쳐도 곧잘 따라 할 것 같았기 때문이다. 그런데 아직도 양동이 연습에서 벗어나지 못했다는 게 문제였다.

"이제 실전처럼 해야 해. 진짜 드럼을 쳐봐야 한다고."

수영이 꽤 비장한 표정으로 말했다. 얕게 숨을 뱉은 명원이 멀뚱히 서 있는 양우를 봤다. 이 녀석을 어떻게 숨겨서 데리고 간담. 걱정이 되긴 했으나 토요일 오후라 괜찮을 수도 있었다.

"그래. 그럼 학교로 가보자."

죽이 되든 밥이 되든, 뭐라도 되겠지.


양우만 담을 넘으면 됐을걸, 명원과 수영까지 담을 넘는 고생을 해서 겨우겨우 학교에 들어왔다. 누가 봐도 수상한 모양새로 나무 뒤에 숨었다가 건물 뒤에 숨으며 주위를 살폈다. 손짓하면 몇 보 앞으로 나가는 직전 수행중이었다. 토요일 오후라 수업이 끝났는데도 남아서 공부하는 학생들이 있어서, 사람들의 눈을 조심해야 했다.

"꼭 이렇게 해야 해? 머리를 잔뜩 숙이고?"

양우가 낸 목소리에 앞서가던 두 사람이 홱 고개를 돌리고 눈치를 줬다. 한 명은 검지로 입술을 두드리며 조용히 하라고 했고, 다른 한 명은 모나게 뜬 눈으로 째려보며 치켜든 머리를 꾹 눌러 숙이게 만들었다.

까치발을 하고서 동아리실이 있는 5층까지 아무도 마주치지 않고 계단을 오르는데 성공했다. 이제야 긴장이 풀린 명원이 안도의 숨을 뱉으며 자물쇠 열쇠를 꺼내는데, 도착한 동아리실의 문이 열려 있었다. 자물쇠가 열린 동아리실을 확인한 수영과 명원이 동시에 시선을 주고받았다.

"어제 안 잠갔나?"

"잠갔는데."

다시금 긴장한 어깨에 빳빳하게 힘이 들어갔다. 명원이 조용히 안쪽을 살피기 위해 문틈으로 얼굴을 가져다대는 순간, 수영이 시원하게 문을 밀었다.

"아, 성격하고는……."

두 사람이 동시에 동아리실 안으로 머리를 들이밀었다.

드럼 의자에 현경이 앉아 있다.

"왔어?"

웃으며 손을 드는 현경의 눈에 두 사람의 얼굴 위로 쏙, 올라오는 낯선 얼굴이 보인다. 현경의 얼굴에서 웃음기가 서서히 사라졌다.

"누구야?"

명원이 눈을 올려 제 정수리 위에 묵직하게 턱을 대고 있는 양우를 한 번 보고는 어색하게 웃었다. 아무도 마주치지 않고 안전하게 올라왔다고 생각했는데, 목적지에서 자신들을 기다리고 있는 사람이 있을 줄은 몰랐다.

"드럼 쳐줄 친구 섭외했다고 했잖아. 그 친구야. 한 번도 안 맞춰봐서, 연습해보려고 왔지. 팔은 좀 괜찮아?"

"응. 생각보다 그렇게 아프지는 않아. 깁스까지 할 정도는 아닌 것 같은데, 뭐 하라니까."

"그런데 우리 올 줄 알았어? 어떻게 여기서 딱 만나."

"아니, 그냥. 합주 때도 자주 빠졌는데 공연에도 지장 준 것 같아서, 미안한 마음에 몰래 선물이나 놓고 가려고 했지."

현경이 책상 위를 눈짓했다. 박스에 과자가 가득 있었다.

"오, 간식? 돈 좀 썼는데."

박스를 확인한 수영이 웃으며 말했다.

"근데 쟤는 어디 학교야?"

현경의 물음에 수영과 명원이 당황한 듯 눈을 맞추더니, 어색하게 웃으며 자리를 찾아갔다.

"아파서 쉬는 중이래."

"설마 팔팔공고는 아니지?"

설마 라이벌 학교의 학생을 데리고 왔으려고. 의심스럽다는 듯 묻는 현경을 보며 명원이 손사래를 쳤다.

"아니야. 팔팔공고는 무슨."

"그럼 됐어."

멀뚱히 서 있는 양우를 향해 현경이 손을 흔들었다.

"여기로 와서 앉아. 스틱 있어?"

"어? 나 그냥 몸만 왔는데."

연습하러 온 거 아닌가. 어떻게 스틱도 없이. 고개를 갸웃한 현경이 양우에게 제 스틱을 건넸다. 드럼 앞에 앉은 양우를 보며 수영이 눈을 빛냈다.

"양우야, 리듬 잊지 말고. 넌 딱 그것만 하면 돼. 심벌이나 하이 햇까지 때리면 완전 고급이고. 명원이가 테이프 줬다며. 노래 지겹도록 들었지?"

테이프가 늘어지도록 듣긴 했다. 양우가 고개를 주억거리자 대답이 만족스러운 듯 수영이 고개를 한 번 끄덕한다. 드럼 자리를 내어준 현경이 창가에 비딱하게 몸을 기대고 섰다. 함께 무대에 서지 못하는 건 아쉬웠지만, 공연이 '한옥마을' 젊은이들이 아니라 '한옥마을' 어르신을 상대로 한다고 했을 때 살짝 김이 샌 현경이었다. 다음에 축제 때 신명나게 하면 되지, 생각하고 있는데 수영과 눈이 마주쳤다.

"너 왜 거기 있어?"

"그럼, 가?"

"아니. 중앙에 서야지. 아무것도 안 할 거야?"

수영이 한 발짝 옆으로 물러났다. 지금 나보고 중앙에 서서 노래를 하라는 소리인가 싶어 현경이 눈을 동그랗게 떴다.

"프론트맨을 하라고?"

"그래도 첫 공연인데, 빠지면 아쉽잖아."

수영이 말했다. 아쉽긴 했으나 그 아쉬움이 그리 큰 것은 아니었는데, 다신 없을 일인 것도 맞기에 걸음을 옮겨 중앙에 섰다.

그렇게 칠칠여자고등학교 밴드부 심해 생물의 동아리실에 네 사람이 자리를 잡고 섰다. 수영은 네 명으로 완성된 밴드의 형태가 은근히 마음에 들어 싱글벙글 웃으며 기타를 조율했다.

"잘할 수 있겠어?"

베이스 기타를 멘 채 다가와 걱정스레 묻는 명원을 양우가 보았다.

"잘해야 해?"

"못하면 좀, 그렇지?"

"아하."

양우가 고개를 끄덕거리는데, 어쩐지 건성으로 하는 대답 같다.

"해볼게."

"박자가 빨라지거나 느려지면 내가 신호 줄게. 알았지?"

걱정이 가득한 명원을 보며 양우가 싱긋 웃는다.

"알았어. 너만 믿고 따라갈게."

베이스 앰프에 선을 연결하고 이펙터 확인까지 마친 후에 네 사람이 정면을 보고 섰다. 마주한 벽에는 잡지에서 찢어 붙인 연예인 사진이 한가득했다.

"저건 다 뭐야?"

양우가 묻고,

"우리 관중."

명원이 대답했다.

사운드 체크가 끝나자 양우가 호흡을 골랐다. 이게 뭐라고 은근 긴장이 됐다. 이런 건 처음 해보는데. 뭐가 되긴 되려나. 둥둥, 탁탁. 둥둥, 탁탁. 속으로 계속 리듬을 되뇌었다. 명원이 뒤돌아 양우를 봤다. 준비됐으면 시작하라는 듯한 눈빛에 양우가 킥을 네 번 넣었다. 그 뒤로 수영의 기타와 명원의 베이스 연주가 들어왔다.

"아니 벌써 해가 솟았나."

현경이 또랑또랑한 목소리로 노래했다. 다행히 드럼 박자가 밀리지 않고 딱딱 맞았다. 그런 양우가 괜히 기특해 명원은 베이스 기타를 치며 웃었다. 그사이 조금 길어진 단발 머리칼이 어깨 위에서 찰랑찰랑 흔들렸다.

합주를 끝낸 네 사람이 당당히 운동장을 가로질러 나왔다. 교문을 벗어나고 나서야 양우를 사람들 눈에 띄지 않게 숨기지 않았다는 사실을 깨달았지만, 나올 때까지 아무런 일도 생기지 않았으니 괜찮았다.

"아이스크림 먹고 갈래?"

수영이 정문 맞은편에 있는 문구점을 가리키며 물었다. 그래, 그러자. 우르르 네 사람이 문구점으로 들어가 냉동고 앞에 다닥다닥 붙어 서서 원하는 아이스크림을 하나씩 골랐다. 계산은 심해 생물의 리더를 자처한 수영이 했다.

"너, 명원이 남자친구지?"

아이스크림 튜브의 꼭지를 돌려 따는 현경이 옆에 선 양우의 옆구리를 툭 치며 물었다. 내려다보는 양우의 표정은 무심한데, 그 옆에서 이 소리를 들은 명원은 벼락이라도 맞은 것처럼 벌떡 뛰었다.

"아니! 아닌데? 무슨 이상한 소리를 하는 거야?"

앞으로 튀어나와 두 팔을 벌리고서 길을 가로막은 명원을 모두 무표정한 얼굴로 보았다.

"이게 그렇게 이상한 소리야?"

"나도 비슷한 질문 했다가 꼬리 내렸어. 너도 그만 물어."

"아, 그래? 알았어. 안 물을게. 아이스크림 먹어, 명원아."

키가 큰 현경과 수영이 명원을 사이에 두고 스쳐지나갔다. 명원이 귀가 축 처진 강아지처럼 측은한 표정을 했다. 자리에 서서 가만히 고개가 수그러드는 명원을 보던 양우가 아이스크림을 입에 물며 발을 뗐다. 그러곤 명원의 머리를 부스스 흐트러트리고는 지나갔다. 빨랫줄에 넌 빨랫감처럼 축 처져가던 명원이 홱 고개를 돌리고 멀어지는 제 친구들을 보았다.

"현경이 너도 양우가 몇 년생인 줄 알면 그런 소리가 안 나올 텐데."

긴 한숨을 뱉어 머리카락을 날린 명원이 굽은 등을 펴고 걸음을 돌렸다.

"같이 가!"

소리치자 수영이 돌아보며 피식 웃는다.

"빨리 와!"

함께 걷던 네 사람은 사거리에서 헤어졌다. 수영과 현경은 자신들과 반대쪽으로 가는 명원과 양우를 보며 음흉하게 웃었다. 명원은 그 웃음을 눈치챘으나 의식적으로 돌아보지 않았다. 나쁜 친구들 같으니라고.

"오늘은 얼마나 채워졌어?"

궁금하다는 듯 묻는 명원의 앞으로 양우가 주머니에서 꺼낸 기계를 들이밀었다.

"오, 그래도 조금 올랐는데?"

"조금은. 그래도 더뎌. 다 채워서 가지는 못할 것 같아."

"왜? 다 채우고 가면 되잖아."

"나 곧 떠나, 명원아."

양우가 말했다. 조용한 오후를 퍽 적적하게 만드는 음성이었다. 순간 멍해진 명원이 두 눈을 끔뻑이다가 뒤늦게 얼굴을 붉혔다. 저도 모르게 양우가 생각보다 오래 이곳에 머물며 저와 함께 있을 거라고 멋대로 생각하고 있었다는 사실을 깨달았다. 아, 여행이었지. 양우와 있다 보면 새까맣게 잊는 사실들이 있었다. 알면서도 자꾸 모르게 되는 것들. 모르고 싶은 것들.

"언제 가는데?"

"곧."

"곧 언제?"

"정확하게 말할 수는 없어."

"이것도 금지 사항인지 뭐 거기에 포함되는 거야?"

"응."

참나. 입에서 헛바람이 나왔다. 명원은 점점 불퉁해지는 표정을 갈무리하며 눈을 홉떴다.

"언제 가는지 나한테 절대 말하지 마. 인사 없이 떠나. 미리 슬퍼할 일 없게."

"슬퍼? 내가 가는 게?"

의아하다는 듯 묻는 양우의 목소리에 명원이 미간을 찌푸렸다. 괜히 말했다 싶다.

"반어법 몰라? 너무 기뻐서 그래. 기쁘다고 말할 수 없어서, 슬프다고 하는 거야."

"다른 건 몰라도 지금 그 말이 거짓말이라는 건 알겠다."

"뭐래? 아니거든요."

명원이 휙 고개를 돌리고는 빠른 걸음으로 앞서 나갔다. 두 팔을 앞뒤로 크게 흔들면서.

"같이 가자, 명원아."

웃음기 어린 양우의 목소리에 명원이 얼굴을 더 찌푸렸다. 양우는 아무리 불러도 돌아보지 않는 명원의 뒷모습을 물끄러미 보았다. 단정한 머리칼 사이로 삐죽 튀어나온 명원의 귓바퀴가 불그스름했다.

*

명원을 집까지 바래다주고 숲길을 걸어올라온 양우는 투명 덮개를 들추고 안으로 들어갔다. 길이 없는 숲에 숨겨둔 비행 캡슐을 찾는 건 이제 일도 아니었다. 문을 열고 들어가 의자에 쓰러지듯 누웠다. 한쪽 팔을 이마에 얹고서 눈을 감고 있다가 소매를 팔꿈치까지 걷어 상처 부위를 확인했다. 피부가 찢어진 뒤로 인공팔의 부식이 심해져 연골의 움직임이 확실히 안 좋아졌다. 이대로 계속 방치했다가는 작동이 아주 멈춰버릴 수도 있었다. 최근 계속 드럼 연습을 한다며 팔을 움직여 더 안 좋아진 것 같기도 했다.

"가긴 가야 하는데."

왠지 모를 아쉬움이 남았다. 여기 이렇게 머물고 싶은 건가. 팔 하나야 어차피 내 것이라고 할 수도 없으니 사용하지 못한다 해도 큰 미련은 없었다. 문제는 기한 내 돌아가지 않으면 비행 캡슐 미반납으로 연체료를 내야 하고 불법 이탈로 간주되어 추격자가 붙는다는 거였다. 크고 작은 소란을 일으키는 배경이 지금이 된다는 게 신경 쓰였다.

양우는 몸을 돌려 명원이 준 카세트테이프 중 하나를 집었다. 기명원의 뮤직 박스. 케이스를 열어 부클릿을 펼쳤다. 굳은 수정액 위에 적은 '사랑'이라는 글자가 유독 눈에 띄었다. 좋아하는 친구가 사탕 목걸이를 걸어주지 않아서 눈물을 보였던 어린 명원을 생각하자 저도 모르게 피식 웃음이 났다. 사랑 노래를 즐겨 듣고 부르는 명원. '사랑'이라는 글자를 잘못 써서가 아니라 더 잘 쓰고 싶어서 수정액을 사용했을 것 같은 명원. 사랑으로 시작해 사랑으로 끝날 것 같은 명원의 세계. 명원은 이 세계에 남아 더 큰 사랑을 품겠지.

가만히 누워 있던 양우가 몸을 일으켜 밖으로 나갔다. 평평한 바닥에 서서 명원의 집에서 보았던 생일잔치 비디오 속의 명원처럼 절을 하며 앞으로 굴렀다. 바닥에 대자로 뻗자 우거진 나무 사이로 밤하늘이 보인다. 어둠을 까맣게만 알던 양우에게 이곳의 밤은 푸르렀다. 푸른 어둠, 헤아릴 수 없이 많은 별. 밤하늘을 올려다볼 때마다 명원은 별이 무더기로 쏟아질 것 같다고 했는데, 그럴 때마다 양우는 눈물이

날 것 같았다. 아마도 처음이자 마지막이 될 여행. 다시는 올
수 없는 세계의 밤. 함께해주는 명원이 있어서, 이곳에서의
기억이 너무 아름다워서 마음이 미리 서글퍼지곤 했다. 그
러다 보면 자신이 이곳에 무엇을 하러 왔는지 목적을 잊기
도 했다.

가이드북에 있는 날씨 기록지로 앞으로의 날씨를 알고 있
었다. 다음 천둥번개가 칠 때, 그 전력을 이용해 돌아가야 하
니 명원과의 마지막날은 날이 흐릴 터였다.

"많이 보고 싶을 거야."

양우는 밤하늘을 우두커니 보며 나직한 목소리로 말했다.


*


탈탈탈, 비탈길을 달리는 버스의 뒷자리에 심해 생물 멤
버 세 명과 특별 출연자 한 명이 나란히 앉았다. 명원은 혹
시 몰라 챙겨온 악보로 수영은 캐릭터 부채로 현경은 창문
앞에 딱 붙어서 바람을 맞았다. 버스가 속도를 줄이지 않고
방지턱을 넘는 바람에 뒷자리에 앉은 네 사람의 엉덩이가
동시에 공중으로 떴다.

"어우!"

수영이 우렁차게 소리쳤다. 명원은 저도 모르게 악보를 구기며 양우의 팔을 구명줄처럼 꽉 붙잡았다. 버스가 시원하게 도로를 질주했다. 엉덩이가 살짝 앞으로 빠지며 등이 낮게 내려온 명원이 고개를 돌리고 옆에 앉은 양우를 보았다. 눈이 마주치자 피식 웃은 양우가 명원의 가방을 잡아 위로 쭉 끌어올려주었다. 등을 딱 붙이고 앉은 명원이 구겨진 악보를 펴고 부채질했다. 귓바퀴가 또 불그스름해졌다.

학교에서 모여 출발한 이들이 버스를 타고 도착한 곳은 마을 축제가 열리는 체육관이었다. 체육관 앞은 벌써 모여든 어르신들로 북적거렸다. 쿵짝쿵짝, 건물 안쪽에서 울리는 음악 소리가 몸 안으로 파고들었다.

"헉, 나 갑자기 너무 떨리는데?"

현경이 다리를 동동 굴렀다. 그도 그럴 게, 심해 생물을 결성하고 서는 첫 무대였다. 현경은 긴장이 된다며 화장실에 가고, 수영은 관계자를 만나고 오겠다며 양우에게 기타를 맡기고 갔다. 명원과 양우는 나무 밑에 쪼그리고 앉아 친구들을 기다렸다.

"나 궁금한 게 하나 있는데."

"뭐?"

"너 사귀는 사람 있어?"

"사람?"

"아니, 그러니까 연애하냐고."

모아 붙인 무릎 위에 두 손을 올린 명원이 양우를 보며 눈을 끔뻑였다.

"없는데."

"사귀어본 적은?"

"없어."

"그래? 누구를 좋아했던 적도 없어?"

나무 그림자를 응시하던 양우가 고개를 돌리고 명원을 보았다.

"궁금한 거 하나라고 하지 않았어?"

"아."

벙긋, 입을 벌린 명원이 어색하게 웃는다. 그때 화단에서 고양이 한 마리가 느릿하게 걸어 나왔다.

"왜 묻는 건데?"

"네가 모으는 경험 데이터라는 게, 혹시 이 시대의 연애 경험? 같은 건가 해서. 그래서 자꾸 손을 잡자고 그러나 했지."

네 발을 모으고 앉아 가만히 쳐다보던 고양이가 천천히 다가오더니 명원의 다리에 머리를 비볐다. 헉! 숨을 삼킨 명원이 두 손으로 입을 틀어막았다.

"무서워? 쫓아줘?"

양우의 말에 명원이 냅다 고개를 저었다.

"아니. 너무 귀여워서 그런 거야. 세상에! 내가 좋나봐."

기겁하는 줄 알았더니, 귀여워하는 거였나. 어쩔 줄을 몰라 하는 명원을 보며 양우는 고개를 갸웃했다. 말갛게 웃는 명원의 웃음을 보는데, 별안간 사탕 목걸이를 받지 못한 일로 울던 어린 명원이 떠올랐다. 좋아하는 것 앞에서 웃는 명원은 이렇구나.

"명원아, 양우야. 들어가자!"

헐레벌떡 달려온 수영이 그늘에 앉은 두 사람의 앞에 섰다. 양우에게 맡겨둔 기타를 들고 체육관을 향해 걸음을 돌렸다. 화장실에 다녀온 현경은 이미 체육관 앞에 서 있었다. 네 사람이 동그랗게 모여 머리를 맞댔다.

"우리 바로 올라간대."

"하, 진짜 하네."

그 순간 수영의 핸드폰이 울렸다. 버스에서부터 계속 걸려오는 전화를 받지 않고 무시하고 있었다. 수영이 제가 하는 일에 당당해지지 못하는 사람은 가족뿐이었다.

"안 받아도 돼?"

명원이 걱정스레 묻자 수영이 부러 치아까지 보이며 씨익 웃는다.

"괜찮아. 자, 다 손 모아. 내가 '심해 생물' 하면 '파이팅'하고 외치는 거다?"

한가운데 손을 모으고 수영의 구호에 맞춰 파이팅을 외쳤다. 체육관 문을 열고 안으로 입장하는 네 명의 걸음이 당찼다. 접이식 의자에 앉아 떡을 나눠 먹기 바쁜 어르신들은 무대에 오른 네 명의 학생에게 관심이 없어 보였으나 각자의 자리에서 무대를 준비하는 그들의 가슴은 콩닥콩닥 세차게 뛰었다.

"자, 다음 무대는 칠칠여자고등학교의 밴드부 심해……심해 생물? 하하, 밴드부 이름이 신기하네요. 이 친구들이 특별한 공연을 준비했다고 합니다. 큰 박수 부탁드립니다!"

짝짝, 몇 명 쳤나 가늠이 될 정도로 박수 소리가 작았다. 여자고등학교 동아리라고 소개한 밴드부에 떡하니 양우가 자리 잡고 있는데도 이상하게 생각하는 사람이 없었다. 그만큼 관심이 없다는 거다.

둥둥, 양우가 스네어 드럼을 두드렸다. 그러자 세 명이 동시에 고개를 돌리고 시선을 주고받았다. 준비가 됐냐는 듯 쳐다보는 수영을 보며 명원이 고개를 끄덕했다. 사람들이 원하거나 말거나 이제부터 시작이다. 명원과 양우가 눈을 맞추었다. 합주할 때처럼 킥을 네 번 넣었다. 두툼한 베이스 줄을 튕기는 명원의 손가락이 가늘고 곧다. 그렇게 노래가 시작되었다.

*

"하, 나는 이제 집에 가면 죽었다."

체육관 근처에 있는 슈퍼 앞 평상에 앉아 수영이 말했다. 이제야 엄마가 보낸 메시지를 마주한 모양이었다. 한숨을 푹 내쉬며 핸드폰을 주머니에 넣고는 옆에 내려놓았던 탄산 음료를 들이마시면서 뭉게구름이 산처럼 떠오른 푸른 하늘을 올려다본다.

"그래도 우리 꽤 잘했잖아?"

수영을 위로하듯 현경이 말했다. 사소한 실수들이 있었으나 실수를 알아차리는 사람은 무대에 있는 자신들을 제외하고 아무도 없는 듯했고, 그 덕에 공연은 무사히 잘 마쳤다. 반응이 없어도 열심히 하는 모습이 가상했는지 무대가 끝나고 내려올 때는 시작할 때보다 조금 더 많은 박수를 받았다.

"맞아. 잘했지."

고개를 주억거린 명원이 옆에 앉은 양우를 쳐다보았다.

그러곤 소리 없이 입을 벙긋거리며 '짱이었어'하고 말했다. 물끄러미 명원의 입 모양을 보던 양우의 입꼬리가 웃음을 머금고 올라갔다.

공연이 끝나면 다 같이 항구에 가기로 했는데, 불호령이 떨어진 수영과 과외를 미루지 못한 현경은 약속을 지키지 못하고 먼저 갔다. 얼마나 걸었을까. 내리막길에서 저멀리 파랗게 펼쳐진 바다가 보였다. 잠시 멈춰 서서 바다를 보는 양우를 명원은 조용히 기다려주었다. 곁눈질로 양우의 얼굴을 올려다보았는데, 반짝거리는 햇빛 때문인지 양우의 눈이 빛나는 것처럼 보였다.

"저기까지 갈 수 있어."

명원이 손을 들어 내리막길 끝에 있는 바다를 가리켰다. 양우의 시선에서 손가락 끝이 어디에 닿아 있었을지 모르겠다고, 명원은 길을 내려가며 생각했다. 두 사람은 부둣가에 앉아 너울거리는 파도를 구경했다. 바닥이 보이지 않는 바다는 살짝 거뭇했고, 한 걸음만 내디디면 발이 닿지 않는 물속으로 빠지게 된다는 사실이 좀 무서웠다.

"명원아, 선물은 뭐로 받고 싶어? 물건 하나 달라고 그랬었잖아."

처음 양우가 도와달라고 했을 때, 명원이 내건 조건이었다. 그땐 막연히 지금 이곳에 없는 물건을 가질 수 있게 된다는 사실에 신이 났는데, 정작 가지고 싶은 게 없었고 양우가 묻는 지금까지도 딱히 욕심이 나는 물건이 없었다.

"글쎄."

"없어?"

"생각해볼게."

"없으면 내가 알아서 줘도 돼?"

"응. 뭔데?"

"비밀이야. 나에게 의미가 있는 물건인데, 너에게도 의미가 있었으면 좋겠어."

양우가 주는 건 무엇일까. 내심 기대가 됐다. 얼마나 바다를 보았을까. 하늘을 빙글빙글 돌다 바다에 앉은 갈매기를 보며 양우가 말했다.

"그만 갈까?"

"벌써?"

명원이 놀라 물었다. 걸어온 시간보다 바다를 본 시간이 더 짧았다. 이렇게 돌아가기에는 아쉽지 않나?

"우산 없잖아. 곧 비가 내릴 거야."

양우의 말에 명원이 고개를 들어 하늘을 보았다. 이렇게 맑은 하늘에서 비가 내린다고? 저만치에서 밀려오는 먹구름도 보이지 않았다.

"안 내릴 것 같은데?"

"내릴걸."

드물게 확신에 찬 목소리였다. 대체 그 확신은 어디에서 오는 거지? 궁금해하던 명원은 불현듯 양우가 여행을 끝내고 돌아가는 것과 관련이 있을 것 같다는 생각을 했다.

"왜. 조금만 더 있다가 가자."

일어나려는 양우의 옷자락을 잡으며 명원이 말했다. 내려다보는 양우와 눈을 맞추는데 이상하게 입술이 말랐다. 하고 싶은 말을 하지 못해서 버석해지는 느낌. 자꾸만 입안에서 맴도는 말이 파도처럼 속에서 너울거렸다.

두 사람은 아무런 대화 없이 바다를 보았다. 수면 위로 떨어진 햇빛은 유리 파편처럼 반짝거리고, 불어오는 바람에는 바다의 시원함이 전해졌다. 잡은 옷자락을 놓지 않고 있던 명원은 고개를 돌리고 양우를 보았다.

"양우야."

무릎 위에 손을 올린 양우가 고개를 돌려 명원을 봤다. 나란히 쪼그려앉은 탓에 얼굴을 마주한 거리가 생각 외로 가까웠다. 거리가 너무 가까워서 그런가. 아니면 이별이 가까워져서 그런가. 갑자기 드는 미련에 마음인지 눈인지, 아무튼 어딘가가 시렸다. 명원이 손을 올려 미간을 긁적였다. 미간을 긁는 손에 시야가 살짝 가려졌는데, 불쑥 앞으로 양우가 얼굴을 내민다.

"우는 거 아니지?"

"아니거든. 얼굴 치워라."

그간 양우와 보냈던 시간을 떠올리니 괜히 울컥했는데, 막상 우느냐고 놀리는 걸 보니 눈물이 쏙 들어갔다. 두 손으로 양우의 몸을 밀어낸 명원이 벌떡 자리에서 일어났다. 이제 그만 가자고 말하며 홱 몸을 돌리는데 저도 모르게 신발 끈을 밟았다. 순간 체중이 뒤로 쏠리며 몸이 뒤뚱 기운다. 중력이 이상한 방향으로 저를 끌어당기는 느낌에 눈이 동그랗게 커졌을 때였다. 커다란 손으로 명원의 뒷머리를 받친 양우가 그대로 끌어당겨 안았다.

둘은 그대로 나자빠졌다. 질끈 감았던 눈을 뜬 명원은 지금 제가 얼굴을 파묻고 있는 게 양우의 가슴팍이라는 것을 알아차리고는 숨을 삼켰다. 슬그머니 눈을 올리는데 한 손으로 명원의 머리를 감싸안고 다른 한 손으로 바닥을 짚은 양우의 표정이 아픈 듯 좋지 않았다.

"야, 너 괜찮아?"

걱정스럽게 묻는 명원을 보며 양우가 표정을 갈무리했다.

"아, 너 바다에 빠지는 줄⋯⋯."

"아니, 망할 신발 끈이 왜 풀려가지고. 너 어디 다친 데 없어?"

요리조리 양우의 몸을 살피는 명원의 머리를 양우가 부드럽게 쓰다듬으며 웃었다.

"괜찮아. 멀쩡해."

햇볕에 달구어진 정수리에 양우의 큼지막한 손이 시원하게 닿았다. 명원은 무릎을 꿇고 앉은 채 불퉁한 표정으로 양우를 응시했다.

"너 저번부터 왜 내 머리 쓰다듬고 그래? 이런 건 어디서 배웠어?"

"어?"

아무것도 모르는 듯 되묻는 양우의 표정이 순진했다. 사람 가슴이 마구 뛰는 줄도 모르고. 입술을 말아 문 명원이 양우의 손을 치워내고는 일어났다.

"돌아가자, 이제."

휙 걸음을 돌려 앞서갔다. 괜히 얼굴이 달아올랐다. 왜 머리를 쓰다듬어서 괜히 사랑받는 느낌을 주는지. 코를 박았던 양우의 품에서는 포근한 냄새가 났다. 햇빛에 바짝 말린 빨래에서 나는 냄새 같기도 했다. 생각만으로도 간지러운 느낌에 손등으로 미간을 벅벅 문질렀다. 코끝에서 아까 맡았던 양우의 냄새가 맴돌았다. 명원의 가슴이 쿵쾅쿵쾅 세차게 뛰었다.

"같이 가자, 명원아."

뒤에서 양우의 목소리가 들린다. 이름을 부르는 목소리가 다정했다.

"하필 오르막이야."

오르막길을 노려보는 명원의 미간이 찌푸려진다. 이상하게 모든 게 불만스러웠다. 진짜로 비가 내리면 양우가 가버릴지도 모른다는 불안한 마음 때문이었을까. 말하지 말고 가랬더니, 진짜로 아무런 언질도 주지 않아서 그런 걸까.

"명원아."

걸음을 멈추고 돌아서자 따라오던 양우가 멈칫 선다.

"빨리 와. 나보다 다리도 긴 게."

멀뚱히 보던 양우의 얼굴에 웃음이 번진다. 재빠르게 다가온 양우가 명원의 옆에 서서 손을 내밀었다.

"손잡을래?"

"마지막까지 너는……."

명원이 말을 하다 말고 입을 다물었다. 가만히 명원의 눈을 응시하는 양우도 별말이 없었다.

"마지막이야. 이런 부탁 들어주는 건. 손잡아서 채워지는 거 아니래도."

못 이기는 척 양우의 손을 잡았다. 양우의 손가락이 손가락 사이로 파고들어 엇갈렸다. 그동안 수없이 잡아온 손이었지만 빈틈없이 맞잡은 것은 오늘이 처음이었다. 저마저 꽉 맞잡으면 심장박동이 전해지기라도 할까봐 명원은 손에 힘을 주지 못했다.

"경험 데이터는 좀 채웠겠어?"

"아니. 아직 덜 채워졌는데, 그래도 괜찮을 것 같아."

"꼭 채워서 가야 한다며. 혼나는 거 아니야?"

"내가? 누구한테 혼나."

"음……."

글쎄. 어깨를 으쓱이는 명원을 보며 양우가 피식 웃었다.

"그런데 다 안 채워가도 괜찮은 거면, 지금 내 손은 왜 잡은 건데?"

양우가 명원을 내려다보았다. 빤히 눈을 맞추다가 입을 열려는 순간 명원이 휘휘 고개를 저으며 양우의 말을 끊어 버렸다.

"아니야. 됐어. 말 안 해도 돼."

그러곤 부끄러워 하는 사람 마냥 시선을 피했다. 양우가 어떤 대답을 할 줄 알았다는 듯. 잡은 손을 앞뒤로 흔들던 양우가 등뒤로 펼쳐진 바다를 돌아보았다. 멀어진 바다는 여전히 반짝이고 있었다.

*

버스를 타고 돌아오는 길, 명원은 창가에 앉아 그 맑던 하늘이 점점 어두워지는 것을 보면서 우울함을 느꼈다.

"정말 비가 오려나봐."

명원이 마음처럼 한껏 낮아진 목소리로 말했다.

"집에 갈 때까지는 괜찮을 거야. 데려다줄게."

방지턱을 넘는 버스가 덜컹 흔들렸다. 아무리 발설 금지라지만, 어떻게 이럴 수가 있나. 명원이 분노에 찬 것 같기도, 억울한 것 같기도 한 표정으로 양우를 노려보았다.

그렇게 버스에서 내려 집으로 걸어오는 길까지 명원은 아무런 말이 없었다. 불과 몇 주 전 부친이 난간에 매달려 죽을 고비를 넘겼던 아파트 앞에 다다랐을 때 양우가 대신 들고 있던 베이스 기타를 명원에게 건네주었다.

"데려다줘서 고마워."

"응. 덕분에 즐거운 하루였어."

"나도 즐거웠어. 다음에 봐."

건네받은 기타를 어깨에 둘러메며 명원이 말했으나, 양우는 말없이 웃기만 했다. 두 손을 주먹 쥔 명원이 뒤도 돌아보지 않고 아파트 현관으로 들어갔다. 엘리베이터 버튼을 누르고 혼자서 씩씩거리는데 생각하면 할수록 마음이 상했다. 그간 자기 목표 달성을 위해 나를 이용하고 이제 끝이다 이거야? 아무리 생각해도 억울한 마음에 뒤돌아 달렸다. 캐노피로 나오자 멀어지는 양우의 뒷모습이 보인다.

"야, 나양우!"

명원이 빽 소리를 질렀다.

"너는 어떻게 마지막 인사를 그렇게 해? 너 이제 가는 거잖아. 내가 말없이 가라고 했다고 진짜 말없이 가? 너는 나한테 정도 안 들었냐? 이제 다시는 못 볼 텐데 어떻게 이렇게 아무렇지 않게 돌아서서 갈 수가 있어?"

쉬지 않고 말을 쏟아내며 양우에게로 다가간 명원은 돌아보지 않는 양우의 앞에 씨근덕거리며 섰다가 눈을 끔뻑였다. 고개를 푹 숙인 양우의 어깨가 미세하게 떨리고 있었다.

"입이 있으면 말을 해……"

명원의 말소리가 점점 작아졌다. 양우의 눈에서 후드득 닭똥 같은 눈물이 떨어졌다. 방울방울 아래로 떨어지는 눈물을 보며 명원은 마음 어딘가가 지진이 난 것처럼 크게 흔들리는 것을 느꼈다.

"먼저 돌아서서 간 건 너였는데……."

고개를 푹 숙이고 있던 양우가 고개를 들어 명원을 보았다. 그러더니 찡그린 얼굴로 울면서 또박또박 제 할말을 했다. 속눈썹이 젖어서인지 눈이 더 반짝거리는 것 같았다.

"규정이 있어 붙잡지 못했어. 네가 먼저 돌아서길래, 이렇게 헤어지는 건가 했어. 이런 적이 처음이라……."

헤어진다니. 그 말을 양우의 입으로 듣자 울컥하며 눈시울이 붉어졌다. 명원은 입술을 꾹 물고 울음을 참았으나 벌겋게 된 눈시울로 눈물이 빠르게 차올랐다. 그렁그렁한 눈에 힘을 주어 크게 뜨고는 눈물을 떨어트리지 않으려고 노력했으나 결국 양우와 같은 모양새로 울음을 터트렸다.

"너는 왜 울어."

다가온 양우가 허리를 살짝 숙여 명원의 눈물을 닦아주었다. 눈가를 스치는 손이 찼다. 명원은 어느 순간부터 양우가 긴소매 옷만 입는다는 걸 알았다. 정확히 아파트 비상구 계단에서 파란 불꽃을 봤을 때부터였다. 조심스레 양우의 왼쪽 옷소매를 걷어보았다. 아물지 못한 상처 안으로 거뭇해진 기계가 보였다.

"너랑 헤어지는 게 슬퍼서 울지."

명원이 걷은 옷소매를 내리며 답했다. 그러곤 고개를 들어 양우와 눈을 맞추었다.

"너도 그래서 우는 거지?"

명원의 물음에 양우가 고개를 주억거렸다.

"작별할 땐 대부분 그간 상대에게 느꼈던 감정을 고백해. 이건 인사가 아니야. 고백이지. 그러니까 마지막 고백을 해. 양우야."

괜찮다는 듯 쳐다봐주는 명원의 눈이 오늘 본 바다처럼 깊었다. 이 세계로 여행을 오기 전 삼킨 하트 모양의 분홍색 사탕 때문에 명원에게 하고 싶었으나 못한 말도 더러 있었다. 이건 작별인사가 아니야. 고백이야. 그렇게 생각하며 양우는 입을 열었다.

"너한테 정이 많이 들었나봐. 정든 세계와 작별하는 일은 너무 아쉬워. 이 세계는 곧 너고, 나는 너를 만나러 온 것 같아. 영원하다는 말은 너무 거창하지만, 네가 준 시간을 잊지 않을게. 영원히."

양우의 고백에 살며시 웃은 명원은 두 팔을 벌려 양우의 몸을 꼭 안았다. 가지 말라고 붙잡을 수 없다는 걸 안다. 준비 없이 마주한 이별이라서 이렇게 마음이 더 쓰라린 걸까.

명원은 하염없이 떨어지는 눈물에 양우의 품이 젖는 줄도 모르고 울었다.

"고마워, 명원아."

가만히 품을 내어주던 양우가 말했다.

"그런 말 하니까, 눈물이, 흐윽, 더 나잖아앙."

"무슨 말을 해야 안 우는데."

"없어. 없다고."

단호한 답에 양우가 우는 낯으로 힘없이 웃었다.

"여기에서 잠깐만 기다려. 절대 가면 안 돼!"

소매를 붙잡아 눈을 비빈 명원이 양우를 두고 후다닥 달려 캐노피 아래로 사라졌다. 엘리베이터 버튼을 연달아 눌러 집으로 들어간 명원은 베이스 기타를 내려놓고 서랍을 뒤져 앨범을 꺼냈다. 앨범 포켓에서 수영과 찍은 스티커 사진을 몇 장 꺼내 운동화를 구겨 신고 우산을 챙겨 집을 나섰다. 가지 말라고, 가면 안 된다고 말했는데 혹시나 시간이 없어 양우가 가버리지 않았을까 생각하니 마음이 조마조마했다. 9층에 있는 엘리베이터를 기다리는 시간마저 아까웠다. 비상구 계단을 이용해 1층으로 내려가자 캐노피 아래 서 있는 양우가 보였다.

두 사람은 아파트 현관 계단에 나란히 앉았다.

"너 우산 없잖아. 가는 길에 비가 내리면 어떡해. 그리고 이거 너 줄게. 가지고 가."

우산 다음으로 스티커 사진을 건네받은 양우가 입꼬리를 올려 웃었다. 선물이 마음에 드는 모양이었다. 교복을 입은 두 사람의 자세는 가지각색이었고 사진에 이런저런 말이 낙서되어 있었다.

"절대 안 잃어버릴게. 고마워. 수영이에게도 그동안 고마웠다고 전해줘."

"내가 잘 전해줄게. 너 엉엉 울었다고 해야지."

장난스러운 명원의 말에 양우가 피식했다.

"맞다. 너한테 하고 싶은 말이 있었는데."

"뭔데? 그 말도 안 하고 가려고 했어? 지금 빨리해."

양우가 주머니에서 무언가를 꺼냈다. 이전에 명원이 양우에게 주었던 카세트 플레이어다. 명원은 하고 싶은 말이 있다더니 이어폰을 제 귀에 꽂아주는 양우를 멀뚱히 쳐다보았다.

"갑자기 뭐야?"

"듣고서 너랑 닮았다고 생각한 노래가 있는데."

플레이어를 손에 든 양우가 명원의 눈두덩이를 가볍게 두드렸다.

"눈감아봐."

눈은 왜 감아. 안 보는 사이에 가버릴 심산인 게 확실했다. 그러나 그 수를 눈치챘다고 해서 눈을 계속 뜨고 있을 수 없었다. 그런 식으로 양우를 붙잡을 수 있다면 눈꺼풀에 스카치테이프라도 붙였겠지.

"내가 강요한 거 아니야. 영원히 안 잊겠다고, 네가 먼저 말한 거야. 그러니까 너는 나를 잊으면 안 돼. 절대."

명원이 울먹이는 목소리로 말하며 양우의 손을 잡았다.

"나 죽으면 화장 안 하고 무조건 관 속에 들어가서 땅에 묻힐 거니까, 돌아가서 찾을 수 있으면 찾아보든지."

말도 안 되는 소리에 양우가 소리 내 웃었다.

"뭐야, 진짜. 그런 말이 나와?"

"그냥, 그냥 하는 소리야. 아쉬워서."

명원이 양우의 손가락을 만지작거렸다.

"나도 고마웠어. 잊을 수 없는 열여덟이야. 여름에서 가을까지, 네 기억이 가득해서 매년 두 계절은 네 생각이 날 것 같아. 그런데 겨울과 봄에도 네 생각을 할 것 같아. 함박눈을 보면 좋아할 텐데. 흩날리는 꽃잎을 보면 좋아할 텐데, 하면서. 그러니까, 너도 내 생각 자주 해. 멀리 있어도 우린 친구잖아."

양우의 손을 놓은 명원이 고개를 들고 양우와 눈을 마주한 채 미소를 지었다.

맑은 하늘을 볼 때마다, 별이 가득한 밤을 마주할 때마다, 선선히 불어오는 바람에 기분이 좋아질 때마다 울 것 같은 기분이 들었는데, 양우는 명원의 얼굴을 마주한 지금 비로소 그 감정을 알았다. 다시는 볼 수 없는 것에 대한 아득한 그리움이었다. 명원을 보는 양우의 동그란 눈에 눈물이 다시 차올랐다. 먹구름이 드리웠는지 날이 더 어두워졌다.

"곧 비가 내릴 것 같지?"

고개를 끄덕인 양우가 쉼 없이 흐르는 명원의 눈물을 닦아주었다.

"잘 지내, 명원아."

명원도 한쪽 손을 들어 그렁그렁 눈물이 차오른 양우의 눈가를 살며시 눌렀다.

"너도. 너야말로 잘 지내. 아프지 말고, 밥 잘 먹고, 잠 잘 자고, 꼭 잘 지내야 해."

입술을 말아 문 명원이 고개를 돌리고 가만히 눈을 감았다. 안에서 너울거리던 파도가 소용돌이치는 것만 같았다. 자꾸만 부딪치고 부서져, 결국 넘쳐흐를 것만 같은 느낌. 무릎 위에 두 손을 올려두자 딸깍하는 소리가 났다. 테이프가 돌아가며 음악이 재생됐다. 이별하는 처지와 어울리지 않게 경쾌한 리듬이다. 마로니에의 '칵테일 사랑'이 귀에 울렸다. 양우야, 너 칵테일이 뭔 줄은 알고 이 곡이 나를 닮았다고 한 거니. 명원은 눈을 꾹 감은 채 속으로 물었다. 반복되는 가사, 맑고 청아한 목소리, 순수한 느낌. 전혀 슬픈 노래가 아닌데, 후드득 눈물이 떨어졌다. 혹시 아직 옆에 양우가 있지 않을까 싶어 고개를 숙이는데 비 냄새가 났다. 천천히 눈꺼풀을 올리자 빗방울이 떨어지기 시작한 땅이 방울방울 젖어가고 있었다. 아무도 없는 거리가 썰렁했다. 4분도 되지 않는 곡이 끝나기도 전에 사라진 양우는 지금 어디에 있을까. 어디쯤 걷고 있을까. 시선을 내려 계단을 봤다. 카세트 플레이어 위에 늘 양우의 주머니에 들어 있던 데이터 수집기가 놓여 있었다.

"어, 이거."

다급한 마음에 기계를 집어들고 일어났다. 양우가 어디로 갔는지도 모르면서 쫓아 달리다가 경비실을 지나기도 전에 걸음을 멈췄다. 고개를 숙이고 기계를 들여다보았다. 분명 바다에서 덜 채워졌다고 말했던 경험 데이터가 100%로 기록되어 있었다. 언제 다 채웠던 걸까. 항구에서 나눈 대화가 떠올랐다.

'나에게 의미가 있는 물건인데, 너에게도 의미가 있었으

면 좋겠어.'

"이걸 주고 가면 어떡해."

명원은 고개를 들고 점점 빗줄기가 굵어지는 하늘을 올려다보았다. 반짝 번개가 치더니 얼마 지나지 않아 천둥소리가 울렸다. 비 오는 날 치는 천둥번개는 분명 명원이 무서워하는 것이었는데, 하늘에서 눈을 뗄 수가 없었다. 땅으로 가까워지지 않고 멀어지는 빛이 있을까봐. 혹시라도, 정말 운이 좋게 우주를 향해 멀어지는 무엇을 볼 수 있을까봐.

눈을 뜨기 힘들 정도로 굵어진 빗줄기에 명원은 두 손을 들어 얼굴을 묻었다. 네가 돌아간 미래는 어떤 모습일까. 반짝하고 나타난 사랑이 다시는 이곳에 돌아오지 않을 거라는 사실에 또다시 울음이 터졌다.

\*

알람 소리에 명원이 주변을 더듬으며 소리의 근원을 찾았다. 베개 밑에서 찾은 시계의 알람을 끄고 일어나자 여섯시 사십분이다. 조금만 더 누워 뒤척이고 싶었으나 여기서 시간을 지체해버리면 일곱시 버스를 놓칠 확률이 컸다. 입을 크게 벌려 하품을 한 명원이 이불을 발로 걷어차고 침대에서 내려왔다. 후다닥 씻은 뒤 머리도 말리지 않고 옷장 문고리에 걸어둔 교복을 입고 집을 나섰다.

턱을 괴고 앉은 명원은 교실 한구석에 있는 텔레비전에서 나오는 교육 방송을 보았다. 오른손에 쥔 연필을 빙글빙글 돌리다가 눈동자를 돌렸다. 문득 시선을 돌린 칠판에서 '양우'라는 글자를 발견했다. 깜짝 놀라 다시 보니 '영어'라는 것을 곧 깨달았다. 양우가 떠난 지 두 달이 지났다. 일상은 무슨 일이 있었냐는듯이 아무렇지 않게 흘러갔으나, 명원의 속은 바람이 잦은 숲처럼 산발적으로 흔들렸다.

쉬는 시간이 되자 수영이 과자 한 봉지를 뜯으며 명원의 자리로 찾아왔다. 평소와 다름없이 웃으면서도 자주 멍해지는 모습을 보여 그런지, 양우가 떠난 뒤에 수영은 명원을 더 면밀히 챙기기 바빴다.

"명원아, 오늘 점심 메뉴 하이라이스던데. 나가서 먹을까?"

"뭐 먹게?"

"피자 어때. 오븐스파게티도 시켜서 먹자."

호화로워진 점심 메뉴에 명원이 실없이 웃었다.

"시간 안에 다 먹고 오려면 달려야겠네."

"운동화 준비해놔. 종 치면 바로 나가자."

그래, 그러자. 흔쾌히 고개를 끄덕인 명원이 가방에서 노트를 꺼냈다.

"맞다. 그리고 전에 다니던 학원 선생님한테 실용 음악 학원 괜찮은데 추천받았어. 작곡 작사 다 하신대. 주소 알려줄게."

"오, 진짜? 잠깐만."

명원은 양우가 떠난 뒤 꿈이 생겼다. 양우가 살고 있는 먼 미래에까지 닿고 싶다는 생각 때문이었을까, 양우가 자신을 닮았다고 한 곡 때문이었을까. 곡을 만들고 싶었다. 어렸을 때부터 음악을 배운 수영이라면 뭔가 아는 곳이 있지 않을까싶어 물었는데, 이렇게 빨리 답이 올 줄은 몰랐다.

주소를 메모하기 위해 노트를 펼치고 페이지를 넘기던 명원의 손이 어느 장에서 멈추었다.


7942

8282

~~112661~~

~~059~~


분식집에서 양우에게 알려주었던 삐삐 암호였다. 친구사이, 빨리빨리, 사랑해, 양우. 사랑 노래를 그렇게 부르면서도 사랑한다고 고백해본 적이 없었다. 사랑이란 감정은 거창하고 그게 꼭 불멸할 것 같아서 머나먼 미래의 일인 줄만 알았는데. 암호로 가득한 종이를 보니 이 순간이 사랑이었음을 알게 됐다. 지난 계절을, 양우가 있던 모든 순간이 전부 사랑으로 변해 있었다. 도둑맞은 제 자전거를 타고 지나가던 양우를 발견했던 그 밤까지.

"명원아?"

과자 봉지를 내려놓은 수영이 허리를 숙이고 명원의 뺨으로 손을 뻗었다. 난데없이 떨어진 눈물에 놀란 건 수영만이 아니었다. 명원이 당황스러운 얼굴로 수영을 봤다. 눈이 마주치자 슬픔이 물밀듯 밀려온다. 입술을 앙다물고 얼굴을 찡그리는 명원의 어깨를 수영이 두 팔 벌려 안아주었다.

"울어도 돼. 그냥 울어버려."

갑작스레 울음을 터트린 명원을 반 아이들이 힐끔거렸다. 춥고 혹독한, 열여덟의 겨울이었다.

\*

"누나, 학원 안 가?"

가방을 어깨에 멘 해준이 베개를 다리 사이에 끼우고 늘어져 있는 명원에게 물었다.

"옆 건물 공사한다고 쉬래⋯⋯."

웅얼거리며 뱉은 말에 해준이 '아! 열라 부럽다!' 소리치고 걸음을 돌렸다.

신발장 앞에서 운동화를 꺼내 신는 소리가 들리더니 이내 현관문이 열렸다가 닫혔다. 조금만 더 누워 있다가 독서실 가야지. 이불 속에서 눈을 꾹 감고 있던 명원이 얼마 못가 이불을 발로 걷어냈다. 잠이 달아나버린 탓이다. 느리게 눈을 끔벅이며 햇빛이 들어찬 천장을 바라보았다.

"기해준 때문에 잠 다 깼네."

학원도 쉬는데, 왠지 모르게 억울한 느낌이 들어 콧등을 찡그렸다. 데굴데굴 굴러 침대에서 내려온 명원은 짧은 머리를 대충 올려 묶고 부엌으로 향했다. 빗장뼈가 보일 정도로 목이 늘어난 티셔츠는 여러 번의 세탁으로 인해 듬성듬성 색이 바래 있었다.

명원이 프라이팬을 가스레인지 위에 올렸다. 가스불을 중불에 맞추고 식용유를 두른 후 달걀 두 개를 깨트려 프라이를 했다. 소금을 조금만 뿌린다는 게 쏟아버리는 바람에 잠시 기분이 상했으나, 달걀을 하나 더 깨트리는 것으로 상쇄되었다. 밥솥에서 밥을 한 주걱 퍼 담은 그릇 위에 프라이

세 개를 올렸다. 토마토케첩을 두르고 숟가락으로 프라이를 쪼개 섞었다. 의자 위에 발을 올린 명원은 가슴께에 붙은 무릎 위에 그릇을 놓고 밥을 먹었다.

멍하니 밥을 먹다가 리모컨을 쥐고 텔레비전을 틀었다. 명원의 부친은 늘 밥상에서 텔레비전을 보았고, 그 탓에 거실에 있는 텔레비전은 소파가 아닌 부엌을 향해 돌아가 있었다. 띠리릭, 소리를 내며 화면에 불이 들어왔다. 〈만원의 행복〉이 재방송되고 있었다. 명원은 저와 비슷한 모양새로 단출하게 밥을 먹는 출연자를 보며 저러고 카메라 꺼지면 맛있는 거 먹겠지, 하고 보는 이도 없는데 홀로 의심의 눈초리를 날렸다.

밥을 다 먹은 명원이 설거지를 끝내고 나갈 준비를 했다. 옷장 앞에 가만히 서 있다가 작년에 산 멜빵바지에 흰색 피케 셔츠를 입고 외투를 걸쳤다. 독서실에 가면 엠씨스퀘어를 들어야 하니 이어폰은 빼먹으면 안 됐다. 가방 앞주머니에 이어폰을 넣고 지퍼를 올린 뒤 집을 나섰다.

"아, 맞다. 카세트……."

양우가 떠난 후, 명원은 의식적으로 시디플레이어 대신 카세트 플레이어를 가방에 챙겨 다녔다. 엘리베이터 앞에 섰던 명원이 다시 현관문을 열고 집으로 들어갔다. 머리맡에 두었던 카세트 플레이를 열어 테이프가 있는지 확인했다. 양우가 가지고 있던 마로니에 테이프는 명원의 모친 것이었는데, 어쩌다 양우에게 주었던 테이프에 섞여 있었는지 모를 일이었다.

집을 나선 명원이 이어폰을 귀에 꽂고 테이프를 되감은 후 플레이어의 재생 버튼을 눌렀다. 엘리베이터 문이 열리고 아파트 현관을 벗어나는데 천천히 낙하하는 눈송이가 보였다. 곧 세상이 하얀 눈으로 뒤덮이겠구나. 우두커니 하늘을 보던 명원이 눈을 감고 겨울 냄새를 맡았다.

양우야, 네가 잘 도착했기를 바라. 너의 세계가 안전하기를. 네가 전보다 더 행복하기를. 너에게 내 기도가 닿기를. (2004년

괄호를 열고 들어왔으면 닫고 나가야지. 닫는 괄호를 가지고 튀어버렸어. 그래서 내 2004년은 괄호가 닫히지 않고 열려 있어. 네가 머물던 그해에 마음이 머물러 있는 기분. 그래서일까. 온 우주가 알았으면 좋겠어. 네가 내 첫사랑이라는 걸.

천천히 눈꺼풀을 올린 명원이 하늘을 보며 엷게 웃었다. 양우의 안부는 아마도 영영 알 수 없을 테지만, 양우를 위한 기도는 영원할 것 같았다. 이 기억이 계속되는 한.

# 에필로그

　양우는 어둑해진 숲길을 올라갔다. 흙이 비에 젖은 탓에 자꾸 발이 미끄러져 몇 번을 넘어질 뻔했다. 넘어지려고 할 때마다 곁에 없는 명원이 생각났다. 빗소리가 세차 그런가, 혼자라는 게 그제야 실감이 났다.

　정박 위치에 온 양우는 투명 덮개를 걷어내고 서둘러 떠날 채비를 했다. 투명 덮개의 물기를 털어 개킨 뒤 의자 아래에 넣었다. 명원이 준 우산도 돌돌 말아 의자 아래에 넣고, 화장실과 수납 칸의 문이 잘 닫혔는지 확인한 후에야 좌석에 앉아 잠시 눈을 감았다. 빗소리가 들리지 않는 캡슐 내부가 유난히 고요하게 느껴졌다.

　"여행이 끝났네."

　아쉬운 마음이 들었다. 처음 느끼는 감정에 이곳에서 들었던 무수히 많은 음악과 가사가 떠올랐고 그 모든 게 마음을 스쳐가는 것 같았다.

양우는 품에 고이 넣어둔 명원의 선물을 꺼냈다. 손바닥보다 작은 사진 속에서 명원과 수영이 웃고 있는 모습을 보니 저도 모르게 미소가 지어졌다. 이곳에서의 기억이 너무 소중했다. 명원과 자전거를 타고 달린 길, 별이 쏟아지는 밤과 시끌벅적한 길거리. 어디를 가도 흘러나오던 노래와 덥고 습한 공기. 그 속에서 발 맞춰 걸어준 명원. 잊을 수 없는, 잊고 싶지 않은 기억이었다. 명원과 함께 바다에 닿았을 때 양우는 계속 밀려오는 파도를 보며 바다에 대해 생각했다. 바다가 있는 한 사라지지 않는 것들, 기억이 있는 한 사라지지 않는 마음. 눈에 보이는 데이터 수치가 중요한 게 아니라는 걸 그때 알았다.

"이제 정말 떠나야 하네."

스티커 사진을 다시 품에 넣은 양우는 안전띠를 매고 호흡을 몇 번 고른 뒤 복귀 버튼을 누르려고 손을 뻗었으나 누르지 못했다. 손을 거둔 양우는 명원과 이렇게 헤어질 수 없다는 생각에 안전띠를 풀었다. 떠날 준비를 하면서 닫았던 캡슐 문을 열고 밖으로 나가자 멀어졌던 빗소리가 바싹 다가왔다. 우산도 없이 밖에 선 양우에게로 빗물이 쏟아졌다. 비에 젖어가는 건 머리며 옷인데 가슴 안쪽이 물을 먹은 것처럼 무거워지는 느낌이 들었다. 어떤 심정에 잠겨 자꾸 눈물이 나는지. 캡슐을 등지고 길을 내려가던 양우의 걸음이 점점 느려졌다. 지금 가서 명원을 다시 만난다고 한들 결국 또 마지막이었다. 천둥번개를 동반한 호우가 내리는 두번째 날. 여행은 오늘로 끝이었다. 멈춰 선 양우의 눈에서 눈물방울이 떨어졌다.

"짧은 시간이었는데, 네가 왜 이렇게 좋아진 걸까……."

양우는 얼마간 가만히 서서 줄기차게 내리는 비를 맞으며 울었다.

비가 그치기 전에 캡슐로 다시 돌아온 양우는 젖은 옷 위로 안전띠를 매고 얼굴의 물기를 닦았다. 혼자 있는데도 눈물이 앞서 명원에게 작별 인사를 고하지 못했다. 입술을 꾹 물고서 복귀 버튼을 눌렀다. 자율주행 모드 알림창에 불이 들어오며 내부 조명이 어두워지고 수면 가스가 분사됐다. 번개로 번쩍이는 하늘이 보였다. 명원은 천둥을 무서워하는데. 설마 아직도 밖에 있으려나. 그렇지는 않겠지. 내가 준 선물은 마음에 들려나? 답을 알 수 없는 궁금증은 정신이 희미해지는 순간에도 계속 생겨났다.

명원아, 네가 더 행복하기를 바라. 너의 사랑이 너의 세계를 더 아름답게 만들기를.

먼 미래에서 너무 뒤늦게 너를 좋아하고 있겠지만, 언젠가 우리가 서로에게 닿을 세계를 꿈꾸며 너를 기다릴게. 내 21세기의 처음이자 마지막 사랑. 안녕.

작가의 말

2019년 여름, 『한밤의 레트로 모션』이란 제목과 두 친구의 이름을 지었다. 기명원, 나양우. 다른 차원에서 2004년으로 잘못 떨어진 소년이 소녀를 만나게 되고, 원래 살던 곳으로 돌아가기까지의 여정을 담은 이야기였다. 허전하고 텅 빈 세계를 채우는 밤의 이야기.

이야기 구상에 앞서 가장 먼저 떠오른 건 마지막 장면이었다. 돌아가야 하는 양우가 이별의 순간 명원에게 눈을 감으라고 말한 뒤 이 음악이 끝날 때까지 눈을 뜨지 말라고 하는 장면이다. 그때 양우가 들려주는 곡이 mew의 'comforting sounds'였으면 좋겠다는 생각으로 이야기를 썼다. 아니다. '좋겠다'라는 생각이 아니라 이 곡이어야만 한다는 고집으로 썼다. 끝날 듯 끝나지 않는 연주 속에서 이별을 직감하지만 차마 마주하지 못하는 순간을 음악을 들으며 계속 상상했다. 하지만 이야기를 쌓아갈 수록 마지막 곡에 대하여 의문이 들었고 밝고 경쾌한 2000년대 초반의 가요가 좋겠다는 생각이 들어 고민하다가 90년대 히트

곡인 마로니에의 '칵테일 사랑'으로 변경했다. mew의 곡 때문에 시대 배경이 2004년이 됐는데, 설정이 늘어나 곡이 바뀌었음에도 시대 배경을 뒤엎지는 못했다.

어쩌면 20세기에 만났을지도 모를 두 사람은 그렇게 21세기에서 마주치게 됐다. 소설을 집필하다보니 제목도 『21세기 마지막 첫사랑』으로 바뀌었다. 다시는 과거로 올 수 없는 양우에게 21세기의 사랑은 명원이 마지막이기에, 자신의 2004년의 닫힘 괄호를 가지고 튀어버린 양우 때문에 반짝하고 온 첫사랑을 앞으로 만날 수도, 자신의 세계에 존재할 수도 없음을 직감하는 명원이기에 두 사람 모두에게 어울리는 제목이 아닐까 싶다.

이 이야기가 독자에게 조금이나마 즐겁게 닿았기를 바라며 누군가에게는 첫사랑 같은 책이 되기를.

2024년 봄
김빵

김빵 장편소설

# 21세기 마지막 첫사랑

ⓒ 김빵

| | |
|---|---|
| **1판 1쇄** | 2024년 4월 18일 |
| **1판 3쇄** | 2024년 6월 28일 |

| | |
|---|---|
| **지은이** | 김빵 |
| **펴낸이** | 지영주 |
| **편 집** | 한수림 김지인 |
| **표지 디자인** | 어나더페이퍼 |
| **본문 디자인** | 데시그 |
| **마케팅** | 최기현 |
| **경영 지원** | 정의정 신세련 |

| | |
|---|---|
| **펴낸 곳** | ㈜자이언트북스 |
| **출판 등록** | 2019년 5월 10일 제2019-000085호 |
| **주소** | 경기도 고양시 덕양구 덕은1로 5 2층 |
| **전화** | 070-7770-8838 |
| **팩스** | 02-516-5320 |
| **홈페이지** | www.giantbooks.co.kr |
| **전자우편** | books@giantbooks.co.kr |
| **인스타그램** | https://www.instagram.com/giantbooks_official/ |

| | |
|---|---|
| ISBN | 979-11-91824-39-1 (03810) |